Mew Mew!
Crazy Cat's Night

成田良悟
Ryohgo Narita

イラスト：ヤスダスズヒト
Illustration:Suzuhito Yasuda

東区画護衛部隊
——【観察者】バネ足ジョップリン曰く
ヨウコソ、ヨウコソ諸君！　コノ微妙ニ狂ッテ汚レテ美シク、果テシナク果テシナク愛オシイ世界ヘ！

コノ島ニ来ルノハ始メテカナ？　ナラバ君達ノ最初ニセネバナラヌコトハ、自ラノ安全ヲ確保スルコトダネ！

私ハ観察者ジョップリン！　ナアニ、コノ島ノ生キ方ナラ嫌ト言ウホド見テキテイル私ガ、君ラニ素敵ナアドバイスヲシヨウジャナイカ！

君タチノヨウナ初心者ニオススメナノハ、イウユル『寄ラバ大樹ノ影』、組織ノ力ニ頼ルコトガ一番サ！

コノ島ニソンナ存在ガアルノカッテ？

モチロンダヨ！

オーケーオーケイ、証拠ヲ見セヨウ。

コノ映像ヲ見タマエ！　コレハ、東区画ノ『ボス』ノ襟ニ仕込ンダ隠シカメラノ映像ダ！

黒服『だーかーらーよー、ボスー！　潤を泣かせるなっつってんだろー！』

前髪娘『あうあう……チャ……張さん、私はいいですから……』

黒服『潤が大事にしてた、戌井の手配書の額に『肉』なんて書きやがって！』

？「嫉妬でつい。『骨』の方が良かったかネ？」

黒服「子供か手前は！」

ドウヨ！　実ニ庶民的、実ニアットホーム、実ニ親シミヤスイ集団ダロウ？　基本的ニオ偉イサンノ護衛ダガ、金次第デ君ラノヨウナ人間デモ護ッテクレル素敵ナ存在サ。

ナニ？　不安ダ？　コンナ連中ニ人ヲ護ル事ガデキルノカ？　コノ危険ダラケノ島デ？

ハイ間違イ。バツ。ボッシュート。擬音デ表スナラ『ブブー』。ザンネン。トットト消エロ。ア、嘘。消エロッテノハ嘘。ゴメンネ。

ヤレヤレヤレ、ダカラ言ッテルダロ？

コノ島ハ狂ッテルンダ。君ノ常識デ物ヲ考エル、ソレヨクナイ。ダメ。

外見カラ見テモ、セイゼイ黒服ノ男シカ頼リニナラナイトカ思ッテイルンダロ？

コイツガ隊長ダトデモ思ッテイルンダロ？

ハハハハハハハハハハハハ！

駄目ダネ、マダ君ハ常識ニトラワレテル！

ヨカロヨカロ、ナラバ私ガ教エヨウ。

コノ島ニ住マウ一匹ノ『番猫』ノ話ヲネ。

シナヤカデ、少シダケ我侭デ、ソシテ全テヲ斬リ裂ク爪ヲ持ッタ、可愛イ可愛イ、子猫チャンノ話ヲネ……

ソウ、アレハ——東区画ノ、カジノガ新装開店シタ時ナンダケレドネ……

ラッツ
——【殺人鬼】雨霧八雲曰く
ごめん。俺さ、殺人鬼なんだ。

だから、君を殺そうと思う。

何を探ろうとしてたのか知らないけれど、俺のまわりをネズミみたいにウロチョロウロチョロ……正直その、うざったいと思っちゃったんだよね。

うーん……同じネズミでもさ、ネジロ君みたいな奴だったらまだ許せたんだけど。

おや、ネジロ君を知らないのかい？　そっか、君はまだこの島のルーキーなんだね。

ネジロ君って言うのは、この島のネズミ達を仕切る王様だよ。

小さな小さなネズミ達。あの子達はね、島の中の何処にでもいるんだ。

『何処にでも行く』とはちょっと違う。俺や夕海ちゃんなんかは何処にでも行くけど、あのネズミ達は違う。

あの子達はね、『何処にでも居る』んだ。行く、じゃない、居る、なんだ。

この街の中に縦横無尽に広がって、食べ物から人間、果てはこの『島』までをも食い破る連中さ。この島の中でも、特に厄介な存在の一つだと言えるだろうね。俺はどうってこと無いけどさ。

あの子達の目は、何も考えていないようで、鏡みたいにリーダー……ネジロの目の色を写

してさ。悲しそうで寂しそうで、でも、そんな自分の姿にまるで気付いていないようで。
　まあ、俺も彼らが何を考えてるかは解らないけどね。君に殺人『鬼』である俺の心がわからないように、俺もネズミの気持ちはわからない。
　でも、不思議なもんでね。あいつらは人じゃなくてネズミだって思っちゃうから、どうしても殺す気になれないんだよねえ。
　だってほら、俺は殺『人』鬼だからさ。

　いいよ。

　話してあげる。

　この島に巣食う、可愛いくて可哀そうな鼠達の伝説を。

　聞いてる間に祈るといいよ。俺の気が変わることを。気が変わって、君を殺すのを止める事を――

　あれは確か――東区画のカジノがオープンする時の話だったかな……

支配者達

——【ラーメン屋】竹獅子勘十郎曰く

で、お前は一体何を探ってやがる？
まあ、ラーメンの金さえ払えば、俺もなんも言わねえ。言わねえが——独り言ぐらいは呟かせろ。お前の為だ。

この島にいるのは、基本的にどうしようもないクズ野郎ばかりだ。勿論、俺も含めてな。

東京の方の夢の島がゴミ貯め場だったみてえに、この島にゃあ人間のクズばっかり集まってくるのさ。

その上クズがクズ同士寄り集まって、西だの東だのに分かれてゴチャゴチャくだらねぇ事をやってやがる。

少し前までは北だの南だのもあったんだがな、今じゃ互いに食い合って西と東の山ぁ二つだけになっちまった。

あん？　その山のテッペンにいるのはどんな野郎かだと？　バカ野郎、独り言に質問するやつがいるか。

まあいい。独り言を続けんぞ。

西区画のボスは嬰って野郎だが、実際に色々動いてるのは幹部の連中だけさ。嬰は本当に島の中にいるのかも怪しいもんだ。

俺が知ってるのは、幹部のうちの一人——実質的に西のトップだが、イーリーっていう女がいるんだ。この姉ちゃん

が中々にやり手でな。八雲に捕まるようなマヌケが探ろうとしたら、今頃は確実に海の底だ。あの姉ちゃんは八雲みてえに気まぐれじゃあねえからな。

東区画のボスはもっと厄介な野郎でな。人の心をなんでも見透かしたような態度をとりやがる。この島の中に住んでいるなら、ゴキブリやネズミの気持ちまで解るってような男だ。あいつ自身でっけえネズミみてえなもんだからな。――要するに、嫌な野郎って事だ。

奴等は人間のクズの中のクズだ。人間のクズな部分を他の誰よりも誰よりも集めてる連中だ。だからこそ――この島に住む他の誰よりも人間らしい。

わかるだろ。人間なんて九割はクズな部分で出来てんだよ。

いいさ、話してやる。この『島』に魂も人生も過去も全部売り渡した、二人の大バカ野郎の話をな。

ありゃあ確か、この区画のカジノが新装開店するって騒いでた時だったな……

Design Yoshihiko Kamabe

Mew Mew!
Crazy Cat's Night

序章

未来『伝説』　過去『猫』　現在『鼠』

序章・未来『伝説』

タイ――プーケット島、パトン・ビーチ

丸い炎《ほのお》が煌《きらめ》く空の下、真夏のビーチは観光客に支配されていた。

かといって、日本の海水浴場のように水の代わりに人で泳ぐ程の混雑ではない。しかし、活気という点では負けてはいない。

アンダマン海に囲まれた美しい風景の中に、様々な国からの観光客が溶け込んでいる。

多種多様な人種をまるごと受け入れ、まるで彼らがはじめからその島に存在していたかのように。

「ん――？　あんた、日本人《にほん》か。そうか、懐《なつ》かしいねえ！　いや何、俺《おれ》もさ、半年前まで日本にいたんだよ！」

ビーチの中にある、観光客の雑踏《ざっとう》に塗《まみ》れた屋台《やたい》風の飲食店。

七色の髪をした男が、隣に座った男に馴《な》れ馴れしく声をかける。

「あー、いや、正確に言うと日本《にほん》じゃねえのかな。あの『島』は、日本にあるけど日本とは言えねえわな。兄さんも知ってんだろ？　ほら、佐渡島《さどがしま》と新潟《にいがた》の間にある、あの造りかけのどでかい橋！　あの橋の真ん中にある人工島あるでしょ、俺《おれ》、あそこに居たんだよ！」

観光客と思しき日本人の男は、好奇心に満ちた目で虹《にじ》頭の男に目を向けた。

「造りかけで放置されて、ゴロツキとか不法入国者とかが勝手に住みついちまった、日本に見捨てられた島、治外法権《ちがいほうけん》の島、ゴミの島、真・夢の島……色々呼ばれたあの島さ」

虹頭の男は遠い故郷を懐かしむように、どこか寂寞《せきばく》とした微笑を浮かべながら語りだす。

「やー、あそこは掃《は》き溜《だ》めみたいなもんだったけどさ、俺みたいな奴《やつ》には住み心地のいい場所でよ。まあ、あんたら普通の奴から見たら、あの島は触れちゃいけねえ伝説みたいなもんなんだろ？　だけどな、一旦《いったん》慣れちまえば、あの『島』ほど楽しい場所は日本にゃねえよ」

まるで自分の事を自慢《じまん》するかのように、虹頭は少し照れながら酒をあおる。

「伝説か、まあ確かにその通りではあるんだけどな。あの島の存在自体が、九龍城《クーロン》みたいに伝説になっちまってるし……それにな、俺もあの島じゃ色々無茶《むちゃ》あやらかしたけどよ、あの島には『生きる伝説』って呼ばれる奴がたくさんいるんだ。映画みたいで面白《おもしれ》ぇだろ？」

そんな虹頭に対して、日本人の男は興味深げに話の続きを促した。

「え？　どんな伝説が居たのかって？　そうだな……」

虹頭は暫《しばら》く目線を上げて考えると、ビールとつまみを追加注文してから、講談師のようにスラスラと舌を滑《すべ》らせ始める。

「まずはあれだ。島内最強の男、自警団長・葛原宗司《くずはらそうじ》！　この人は凄《すご》い、何から何まで規格外だ。片手で銃弾《じゅうだん》を受け止めるんだぜ？　信じられるか？　――なんだよその目、疑ってるな？まあ、無理もないけどな」

調子が上がってきたのか、虹頭はうれしそうに笑い、その『島』に住むという、様々な人間達の伝説を語りだした。

まるで自分の家族の自慢をするように、矢継《つ》ぎ早に語られる伝説の波は途切《とぎ》れる事が無い。

「強いだけなら、地下レスリングのチャンピオン・グレイテスト張《チャン》だな。素手《すで》同士の遣《や》り合いなら葛原と互角――いや、プロレスなら張の方が強いかもな。まあ、リングの上と下じゃあ戦い方も全然変わるからな」

「銃《じゅう》の腕前なら、オリンピックの射撃代表に選ばれかけた事もあるカルロスあたりだな」

「強い上にヤバイってんなら、『生ける都市伝説』のバネ足ジョップリンと――」

「島内最強最悪の殺人鬼、雨霧《あまぎりや》八雲《くも》あたりか。あいつには俺も殺されかけた。なんとか逃げる事ができて、本当に運が良かったぜ」

「喧嘩《けんか》以外の伝説っていうなら、一人であの島の地図を作ろうとしてた夕海《ユア》って女の子もそうだな。……いや、あの島さあ、入り込んだ奴らが勝手に色んなもんを増築しちまうもんだから、もう迷路としか言いようがねえ場所が結構あってさ……遊園地と違うのは、迷っても助けに来てくれる係員が居ないってことだ」

「ぶるぶる電波っつー、島のラジオ。これを一人で運営しているケリーって姉ちゃんも相当の変わり者だぜ。いや、こればっかりは会った奴《やつ》にしか解《わか》らねえな」

「伝説っつぇば、スリ師のGの爺《じい》さん。通称Gさん。50年間無敗だってよ。何に無敗なのかは知らねえが、あんな貧乏人ばっかが集まる島で、スリだけで生きていけるってぇのはそれなりに凄《すご》い事だと思うぜ？　俺《おれ》も三回ほどやられたがね」

「あと、ラーメン屋の竹《たけ》さんの作る豚骨《とんこつ》ラーメンの美味《うま》さも伝説だ」

「そうそう、東区画の『ボス』も変わり者だったなあ。——ん？　ああ、区画ってのは……あの『島』は基本的にいくつかの区画に分かれて、それぞれの『組織』が仕切ってるんだけどよ、これがもう曲者《くせもの》ぞろいで困ったもんだ。俺はちょっと西区画の幹部と揉《も》めちまってさぁ。それでここに逃げて来たってわけ。情けねえよなあ、俺」

自虐《じぎゃく》的に笑うが、虹《にじ》頭の目には後悔や悔しさといった色は見られない。

「後は……おお、そうだ、あいつが居た」

そこで一旦《いったん》言葉を区切り、虹頭の男は楽しそうに微笑《ほほえ》んだ。

「可愛《かわい》い猫《ねこ》の事を忘れてたよ。誰よりも古くから『島』に住み着いて、『島』を食い荒らす鼠《ねずみ》を狩る、可愛らしい猫の事をな」

目の前に届けられたツマミに齧《かじ》りつきながら、一人の伝説について語り始める。

「キマグレで、わがままで、でも放っておけない奴だ。思わず喉《のど》の下とかゴロゴロ撫《な》でてやりたくなる程にな。……ただ、あいつの爪《つめ》はもの凄《すご》いんだよな。いや、例え話とかじゃなくて……物理的に恐ろしいんだ」

「何しろ、あいつの爪って言うのはさ――」

序章・過去『猫』

バルルル
バルルルル
バルルルルルルルルルルル

潮風に混じって、『島』に作業車両の激しいエンジン音が響き渡る。

その『島』の中心で――少女は静かに目を閉じていた。

小学校の低学年と思しき、幼さの残る少女。

彼女は両膝《ひざ》を抱《かか》え、顔は空を仰《あお》ぎながら、安らかな寝息を立てていた。

島を劈《つんざ》くエンジン音が、まるで子守唄であるかのように。

――島。一言でそう表現するには、その場所は余りにも異質であった。

灰色の地面が無機質に広がり、平坦《へいたん》な足場の上に数え切れない程の作業車両が並び、その周りには建築資材が高く積み上げられている。

これから造り上げられる建造物の為の資材ではあるが、『島』に散在する鉄筋の小山は、一見すると綺麗《きれい》に崩れた瓦礫《がれき》のようにもみえる。

その『島』の中心を走る一本の道路。船で運ばれてくる作業車両しか走らないため、この時点では信号機やガードレールの一つすらも存在していない。だが、この『島』が完成した暁《あかつき》には、島内で最も華《はな》やかな大通りとなる予定の道だ。

「やはり、こうして見るとお台場《だいば》の埋立地と変わらんね」

建築資材を分断する交差点。その中心に立つ作業着の男が、道なりに目線上げながら呟《つぶや》いた。

タイヤの跡に塗《まみ》れた直線道路は、果てしなく続くように感じられたが——地平線になろうかというギリギリのところで、道路の先端に青く広がる海が見えた。

中年の坂を転がりだしたという年頃の男は、そのままぐるりと視線を巡らせる。

「だが、この島ができれば——全《すべ》てが変わるな。この越佐大橋《えつさおおはし》を基点にしてよ。新潟《にいがた》も佐渡《さど》も、いや、日本《にほん》の景気だってバーンと良くなるよ」

「はは、大きく出ましたね」

大風呂敷《おおぶろしき》めいたその言葉に、隣に立つ背広姿の男が声をかける。

背広ではあるが、足には専用の作業靴が、頭には黄緑色のヘルメットを身に着けている。

「砂原《さはら》さんが言うと、なんというか……維新志士の言葉みたいに聞こえます」

「ハハ、生意気だってか」

典型的なサラリーマンと言った口調に、作業着の男は笑いながら言葉を返す。

「まあ、確かに俺《おれ》みてえな工事現場の一主任が言う台詞《せりふ》じゃねえな。霧野《きりの》さんよ、やっぱさ、あんたみたいな上の人間が言うべき言葉だよ」

「そんな事はありませんよ、私は一介《いっかい》の設計士に過ぎませんし——この島と橋の完成は、関わった全ての人間の夢であり、平等に分かち合える成果なんですから」

霧野と呼ばれた設計士の言葉に、砂原は照れくさそうに笑って健康的な歯を覗《のぞ》かせる。

「まあ、そうだな。これができりゃ、将来娘《むすめ》にしてやる自慢《じまん》話にゃ事欠かねえしよ」

そして、砂原はおもむろに目線を動かし、近場にある資材の山の方に顔を向ける。

砂原の視線の先を辿《たど》り、霧野はそこに一台の軽トラックを見つける。

エンジンがかけられたまま、小刻みに振動を続ける荷台の上で、その少女は静かに膝《ひざ》を抱《だ》きかかえている。周囲に響き渡る作業音の中で、彼女だけが静寂にぽっかりと取り残されているような印象を受ける。

顔は空を仰《あお》いでいるが、どうやら眠《ねむ》りに落ちているようだ。よくもこの轟音《ごうおん》の中で寝ていられるものだと、霧野が不思議そうな目を現場主任に向ける。

「娘さんですか」

「ああ、どうしても見たいって言うから連れてきたんだけどさ……寝ちまっちゃ何も見られねえじゃねえかよ。……ったく、借りてきた猫《ねこ》みてえとはよく言うが、本当にコタツで丸まってるみてえな幸せ面《づら》でグウグウとよぉ……」

口では苛立《いらだ》たしげに言うが、砂原《さはら》の表情は実に柔《やわ》らかい。

やがて砂原は娘《むすめ》に対する言葉を止め——霧野《きりの》に向き直って、思い出したように問いかける。

「ああ、霧野さんとこも娘さんだったな。どうだい、一回親父《おやじ》の仕事っぷりを見せてやっちゃ」

「いや、うちの娘はまだ小さいですから、危《あぶ》なくて現場は無理ですよ。その代わり、妻《つま》に手を引かれて——本土の方からしっかりと見てくれてますよ」

そう言って霧野もノロけるように笑い、砂原と二人で同じ方向に顔を向ける。

人口的に造成された『島』の南側——日本海《にほんかい》を挟《はさ》んで見える本土の山々、そして、その手前には北陸の都市の姿が見受けられる。

本土と『島』の間には、巨大な橋を造る為の土台が点々と続いていた。

「そうか……ちゃんとあそこから見てくれてんのかい」

照れ隠しだろうか、砂原はヘルメットを被《かぶ》り直しながら言葉を紡《つむ》ぎだす。

「じゃあ、早くここに来られるようにしてやんねえとな。俺《おれ》達がちゃんとこの『島』を完成させてよ」

無言で頷《うなず》く設計士に対して、砂原は自分の現場へと歩き出しながら呟《つぶや》いた。

「俺はね、早く見たいんだよ。この島の上で……俺らの造った島の上でさ、うちの娘と同じぐらいのガキどもが、ゲラゲラと笑ってんのをさ」

「……ゲラゲラってのはどうかと思いますけど、私も同じ気持ちですよ」

苦笑しながら、霧野はもう一度『島』全体を見渡した。

新潟《にいがた》と佐渡《さど》の間に架《か》けられる、世界最大最長の橋。

その中心部に浮かぶ予定の、人工的に造られた一つの島。まだ名前すらつけられていないこの島の未来に、彼らは輝かしい未来を夢見ていた。

まるで、我が子の成長を見守るように──

そんな『島』の中心で──現場主任の娘は、相変わらず周囲の雰囲気から取り残されている。

激しく響き渡る騒音《そうおん》の中で、少女は確かに、借りてきた猫のように大人《おとな》しかった。

少女はエンジン音が聞こえている間、一度もその安らぎを崩す事は無い。

騒ぎが伝わり、島中の作業音が止まるその瞬間まで──

──彼女はただ、空気の振動に身を委《ゆだ》ね続けていた。

自分の父親が死んだ、その瞬間でさえ。

『島』の中核を成す巨大なエンジンに、父親の全身が巻き込まれた時でさえ──

そして、月日は流れ――

序章・現在『鼠』

２０２０年　夏——西区画　最下層間際《まぎわ》

「ほら、もう死んだ」

動かなくなった老人を見下ろしながら、少年が言う。

年の頃は15歳《さい》前といったところだろうか。表情にはまだあどけなさが残り、周囲に並ぶ少年少女に対して屈託《くったく》の能面のように薄い表情を浮かべていた。

「だから言ったろ？　賭《か》けは僕の勝ちだ」

人数は五、六人といったところだろうか。落書きだらけのコンクリートに囲まれた薄暗い通路の中で、子供達が思い思いの体勢でくつろいでいる。

でき立ての死体に群がるように、彼らは人垣《ひとがき》の輪を縮めていく。老人の痩《や》せた体はまだ温かく、死臭とは別の匂《にお》いが残っている。

血の匂いだ。

老人は体のあちこちから出血しており、血の海とまではいかずとも、はっきりと目立つ形で血の水溜《たま》りを生み出していた。

その様子を見て、少女達がささめきあう。

「死因は？」

「出血多量？」

「鉄パイプで殴《なぐ》られてたじゃん、脳挫傷《のうざしょう》とかじゃないの？」

「老衰《ろうすい》だったりして」

「ありえないって」

後を追うように、少年達が声をあげる。

「何分かかった？」

「14分ちょい」

「ネジロの一人勝ちだ」

「15分以内に死ぬっつったの、ネジロだけだっけか？」

人の死を目《ま》の当たりにしているというのに、彼らの中には恐怖や憐憫《れんびん》といった感情は窺《うかが》えない。誰の目も笑っていないが、言葉だけ聴いていると、まるで今の状況を楽しんでいるかのようにすら思える。

「本当に……年寄りってのは脆《もろ》いもんなんだなぁ、なあネジロ」

少年の一人が気だるげに言うと、ネジロと呼ばれた痩身《そうしん》の少年が言葉を返す。

「年寄りだからってわけじゃないさ、人間自体、僕らが思うよりずっと脆いんだよ」

一瞬の間をおいて、ネジロは蛇足《だそく》となる言葉を付け加える。

「特に、この島の人間はね」

そう言うネジロも、ひと目で不健康を印象付ける青白い肌《はだ》をしていた。そして周囲にいる子供達も、彼に準じて色白の肌を晒《さら》している。

大げさに言えば、死んでいる老人の方が健康的に見えると言ってもよい程に。


子供達は確かに死体を取り囲んでいるが、別に彼らが老人を殺したわけではない。老人はこの『島』の古い住人の一人で、新入りのチンピラ達と揉《も》めて袋叩《ふくろだた》きにあったのだ。チンピラ達の攻撃に容赦《ようしゃ》は無く、自分の倍以上の年を重ねている老人に対し、平気な顔で角材や鉄パイプを振り下ろしていた。

身包《みぐる》みを剥《は》がされ、体中から血を流してうめく老人を前に――少年達は、何もしなかっただけなのだ。助け起こす事も、とどめを刺す事もしない。ただ、老人がこの場で死ぬか死なないか、死ぬとしたら何分以内に息絶えるのか、そんな賭《か》けを小声で囁《ささや》きあっていただけなのだ。

それが、どれだけ残酷《ざんこく》な事なのかも理解せずに。

あるいは――理解した上で、あえてそうしたのかもしれない。

子供達の頭上の古い蛍光灯が、パチリと音を立てて点滅する。それを合図に、少女の一人が濁《にご》った目をネジロに向けて口を開く。

「で、この死体どうするの。ほっとくと臭《くさ》くなるよ」

少女の言葉に、ネジロの横にいた少年が声をあげる。

「ここは西区画だろ？　自警団《じけいだん》がすぐに片付けるさ」

相手の目を見ないままの発言に、やはり誰とも目線を合わせないまま、ネジロが口を開いた。

「どうかな。……自警団長の葛原《くずはら》、今この島に居ないらしいから」

「あ、そうなんだ」

「あいつが居なきゃ、西の自警団は烏合《うごう》の衆に過ぎないからね」

酷《ひど》く大人《おとな》びた発言を最後に、周囲に沈黙が訪れる。

空気が重くよどんでいるにも関わらず、肌に感じる温度は実に冷たい。

地上では夏の日差しがこれでもかというほどに、地面と空気を照り上げている事だろう。だが、彼らのいる地下――最下層に近い地下の空気は、驚く程に冷え込んでいる。地下上層部で過剰《かじょう》に動く冷房の空気が溜《たま》っているのだろうか、風が通り抜けるたびに子供達の体温を確実に奪い去っていく。

だが、子供達は動じない。人の死にも周囲の空気にも、自分達が置かれている環境にも徹底的に無関心だ。

蛍光灯が再び点滅し、それと同時にネジロが首をぐるりと回す。そのまま死体も仲間も振り返る事無く、手近な階段の方角へと歩き始めた。

そして背中越しに、現在の状況に対する結論を述べる。

「すぐには片付かなくても、臭《にお》ってきたら流石《さすが》にのろまな下《した》っ端《ぱ》連中も動くよ。それより前に、他《ほか》の人達が勝手に片すかもしれない。だから――それまでここに近づかなければいいだけだろ」

抑揚を極力減らした無機質な声が、冷えきった空気を小さく震わせる。

「そうだな」

「そうだね」

少年達も少女達も、ネジロの言葉になんの感慨《かんがい》も抱《いだ》かない。

彼らは機械的に返事をすると、ネジロの後を追ってゾロゾロと蠢《うごめ》きだした。

それはまるで――死地へと向かうレミングの行進のように。

△
▼

階段を上り続け、いくつかの踊り場を折り返した時、ネジロは唐突《とうとつ》にその口を開く。歩みを止める事は無く、淡々と自分の言葉だけを紡《つむ》ぎだした。

「僕達の結束は強い。切り裂《さ》く事なんて、誰にもできやしないんだ」

少年漫画に出てくるような熱い台詞《せりふ》の筈《はず》なのに、少年の声にはやはり特別な抑揚は無く、表情は相変わらずの無感情を醸《かも》し出している。

そんな状態で吐《は》かれた『結束』という単語には、何かの諦念《ていねん》めいたものすら感じられる。聞いた者に『望んだ事では無いけれど、仕方のない事なのだ』と受け取らせる言い草だった。

いつしか階段を上りつめ、子供達は最上部の踊り場に辿《たど》り着いた。

「……『船』はもうすぐ沈む。もう沈んでいるのかもしれない。僕達はそんな船に無理矢理乗せられたんだ」

突き当たりにあるドアの前で立ち止まり、ネジロは奇妙な例え話を語り始める。

そこで初めて、ネジロの様子に変化が表れた。少年の語気に微《かす》かな乱れが起き、少年の中に何らかの感情が湧《わ》き上がっている事を示唆《しさ》していた。

彼の言葉の届く先は、後ろに居る仲間達か、あるいは自分自身なのだろうか。

「だから僕らは――ここから逃げるんだ。生きる為に。そのためにこそ僕達は手を結び、一つの命として生きる事を決めた。そうだろう?」

語尾に向かうに従い、言葉の調子が徐々にペースアップしていく。それに合わせて、少年の視線が徐々に鋭くなっていく。

「だから僕達は――自分達に『鼠《ねずみ》』という名前を与えたんだ。沈む船から逃げる為に、ただ、ひたすらに生きる為に――」

いや――目に力が湧き上がったのはネジロだけではない。それまでただ無機質に話を聞いていた子供達も、少しずつネジロの声に反応し始めた。

「そうかな」

「そうだよ」

「そうだね」

「逃げるの？」

「逃げるんだ」

「どこへ逃げる？」

「ここ以外ならどこでもいい」

「その先に何がある？」

「ここには無いものがあるの？」

「きっとあるよ」

「何が」

「幸せになれるのか？」

「幸せだってさ」

「なにそれ」

「幸せなんて感じたことあるか？」

「知識で知ってるだけだろ？　そうだろ？」

「きっと俺《おれ》達は今、幸せじゃあないんだ」

「私達みたいのが幸せになれるわけないじゃん」

「そんなのは、きっとこの島の外にあるんだ」

「僕達を捨てた奴《やつ》が、捨てるついでに持ってったんだよ」

「何を？」

「幸せ」

「馬鹿《ばか》みたい」

「そもそも、俺らがこの島の外で生きてけんの？」

「でも、ネジロがそう言うなら」

「できるかも」

「できるよな」

「やれる」

「やるよ」

「ああ」

「やる」

全く子供らしくない会話。かといって、決して大人《おとな》びているというわけでもない。日本語《にほんご》を使っているにも関わらず、人間ではない何かを思わせる、そんな言葉の羅列《られつ》だった。彼らは決して無気力なのではない。ただ、自分達以外のものに対して、あまりにも無関心なだけなのだ。

背後で好き勝手に囁《ささや》きあう仲間の声を聞き流し――ネジロは、金属製のドアに付いたノブをゆっくりと握り締める。

「僕達の逃げる先に幸せはある。きっとある。だから、逃げるんだ。僕達をこんな掃《は》き溜《だ》めの島に捨てた奴らが住む、あの広い広い外の世界へ――」

錆《さび》が擦《こす》れ合って、激しい軋《きし》みの音が階段に反響した。それと同時に、朱色の光が子供達の姿を照らし出す。

時間は夕刻。眩《まぶ》しい夕日が、瞳の中に突き刺さるように飛び込んでくる。

「その為なら何でも食い破ってやるさ。米袋《ぶくろ》から人の心臓まで、何もかも」

少年は独り言のように、最後の言葉をもう一度繰り返す。

「――何もかも」

少年達は揃って無言のまま、ドアの外に足を踏み出した。

そこは、小さなビルの屋上だった。くぐった途端《とたん》に、潮風と共に蒸し暑い夏の空気が子供達の肌《はだ》を取り巻いた。屋内との温度差が一気に襲い掛かり、少年達の目を瞬《しばたた》かせる。

「外に出るのは何ヶ月ぶりかな」

ネジロは独り言を呟《つぶや》きながら、屋上の柵《さく》越しに周囲の風景に目を移した。

彼の周囲に広がるのは、廃墟《はいきょ》さながらとなったビルの森。

華麗《かれい》な装飾も街を賑《にぎ》わす筈《はず》だった電飾の類《たぐい》も、その殆《ほとん》どが壊《こわ》れて機能しなくなっている。

薄汚れた灰色の森は世界の終末を思わせたが、それでも、その町並みからは人々の生活臭が滲《にじ》み出していた。

割れた窓と窓の間に架《か》けられた無数の紐《ひも》と、その間にかかる洗濯物の数々。

建築途中の建造物の上に建てられた、つぎはぎのように重なるプレハブの山。

街の各所から立ち昇る、夕飯の匂《にお》いを含んだ何本もの白い煙。

廃墟の窓からクリスマスツリーのように輝く、白熱灯やハロゲンランプの明かり。

そして――それを灯《とも》すためのエネルギーを作り出す、自家製発電機のエンジン音。

多くの人々が、無理矢理詰め込まれたような生活エリアの中を右往左往している。

繰り返し、繰り返し。まるで何かの環境ビデオのように。

「こんなものが」

屋上からの景色を一通り眺めた後、ネジロは柵の手すりを強く握り締めた。

「こんなものが、僕達に与えられた世界?」

そこまで呟いて、彼は唐突《とうとつ》に感情を剝《む》き出しにしてみせる。顔に浮かんでいるのは確かに笑顔だったが、その言葉を紡《つむ》ぐ声は小刻みに震えている。

「ありえない」

「そりゃねえよな」

少年達も、笑う。

「アハハ」

「ありえないよね」

少女達も、笑う。

覇気《はき》の無い笑い声の合唱を聞きながら——自らもまた、偽《いつわ》りの笑いを浮かべながら——ネジロはゆっくりと顔を上げ、その瞳に焼き付ける。

自分達の住む『島』の南北から延びる、世界一巨大な海上橋の姿を。

そして、汚《よご》れた街の周囲を取り囲む、夕焼けに染まった果てしない海の広がりを——

様々な思いが積みあがり、結局完成する事のなかった一つの『島』。

この場所を造ろうとした人々の望んだものとは程遠いものだったが、
確かに、笑っていた。

子供達は、確かに笑っていた。

感情の無い笑顔で、
ケラケラと、ケラケラと――

ここは本土でも島でもない。
日本《にほん》にありながら日本ではない。
陸でも無ければ海でもない。
佐渡《さど》と新潟《にいがた》の間に架《か》けられた、世界で一番巨大な橋。
その中央にそびえる、名前が付けられる事の無かった島――

第1章
『チェーンソーキャット』

7月中旬　水曜日――朝　東区画　某所《ぼう》

バルルル　バルルル

バルルルルルルルルルルルルル

朝の街に、狂ったような振動音が鳴り響く。
錆《さ》びかけたモーターを回転させる、自家用発電機の音。
街角の肉屋が凍《こお》った豚を削《けず》り割《さ》く、赤く染まった電動カッターの音。
バイクのエンジンを意味も無くふかし続ける音。
埃《ほこり》が溜《たま》り、上手《うま》く排気ができなくなっているエアコン。
水を吹き溢《こぼ》しながら派手《はで》に揺れる、古い型の洗濯機。
そんな振動音の数々が複雑に絡《から》み合って、街の空気を大きく震わせる。

響き続ける激しい騒音《そうおん》の中で――彼女は、実に穏やかな寝息を立てていた。

決して広いとはいえない部屋の中に、工具や電化製品が瓦礫《がれき》のように積み上げられている。

そのガラクタの隙間《すきま》を縫《ぬ》うように、肌着《はだぎ》姿の娘《むすめ》が手足を伸ばしていた。

年はまだ二十歳《はたち》前だろうか。伸びた前髪が目を覆《おお》い、閉じた瞳の様子までは窺《うかが》いしれない。

それなりに発育したプロポーションをしているが、穏やかな寝顔からは、どこかしらあどけなさも感じさせる。

朝の9時を回っているというのに、その部屋に日が差し込むことはない。窓の前に光を遮《さえぎ》る物は何も無いが、外から入ってくるのは自然の光ではない。

部屋の外には青空の代わりにコンクリートの天井《てんじょう》が広がり、娘の白く滑《なめ》らかな肌は、その天井に光る無機質な蛍光灯の明かりを照り返している。

その娘が寝返りをうつのと同時に、床に投げ出されている携帯電話から音楽が鳴り響いた。

一昔前のスラッシャームービーの音楽で、映画の内容は、人肉の皮《かわ》を被《かぶ》った狂人が惨殺《ざんさつ》を繰り広げるというものだ。およそ彼女の外見には似つかわしくないテーマであり、どうしても当て嵌《は》めろと言うならば、恐らく彼女は被害者の方だ。

「ん……」

部屋に鳴り響く独特なメロディに目を覚まし、彼女は少し離れた場所にある携帯へと腕を伸ばす。透《す》き通る様に白い肌をしているが、しなやかに引き締まった腕は、見る者に貧弱という印象をは与えない。

通話ボタンに指を這《は》わせ、まだ眠気《ねむけ》の残る声を紡《つむ》ぎだした。

「ふぁい……もひもひ——」

『なに寝ぼけてんだ、このひょうろくだまぁッ！』

「ひぃッ!?」

受話器から響いてきた怒声《どせい》に、娘は全身をビクリと震わせる。

ぼやけていた意識が瞬時に覚醒《かくせい》し、バネ細工のような勢いで上半身をはね起こした。

「チャッ……張《チャン》さん！　え？　あれ？　あの……その……えっ？　ヒョーロクダマってなんですか？」

『黙って起きろこのネボスケ小娘！　あぁ？　砂原潤《さはらじゅん》、さーはーらーじゅん！　お前の仕事はもうとっくに始まってる時間だってぇのによぉ、お前はどうして「ふぁい」なんていうたりらりらんとたらけた声が出せるんだ？　え？　おい。いいからとっとと起きて歯ぁ磨いて飯食って着替えて来やがれ！　いいな！』

「ふぁふぁ、はぃぃ！」

罵倒《ばとう》と嫌味《いやみ》が入り混じった怒鳴《どな》り声を聞いて、せっかく覚めた目が再びくるくると回りだす。

砂原潤《さはらじゅん》と呼ばれた少女は、相手の次の言葉を待たずに電話を切ると、欠伸《あくび》ともため息ともつかない息を吐《は》き出した。

「ううぅ」

潤の目から大粒の涙が零《こぼ》れ落ちる。それは今しがたの欠伸によるものだったが、そうでなくとも泣きたい気持ちで一杯だった。

「……あれ、今日は水曜日だから、非番じゃなかったかなぁ……」

そう思い、部屋のドアにぶら下げてあるカレンダーに目を止めた。

今日は確かに水曜日。間違い無く彼女の定休日の筈《はず》だったのだが——

「……あ……」

カレンダーの特異点に気付き、潤は小さく声を漏《も》らす。

今日の日付の所が赤い丸で囲まれており、数字の下の余白に【特別出勤！】と書かれている。

「何で忘れちゃうかなあ……」

彼女は今日が出勤日だという事をすっかり忘れ、親友の美咲《みさき》と遅くまで電話していたのだ。

明らかな自分のミス。本来ならば怒りをどこにぶつけるべきか迷うところだが、彼女は特に苛《いら》立《だ》つ事もなく、トロンとした表情で布団《ふとん》を畳《たた》みこむ。

そのままスックと立ち上がり、トイレや歯磨きを済ませる為に体を動かし始めた。

寝起きにも関わらず、彼女の白い肌《はだ》は非常に艶《つや》がある。目は前髪で完全に隠している為に窺《うかが》いしれないが、鼻と口元は非常に整っている顔立ちだ。

遅刻を怒鳴られたばかりと思えぬ程に落ち着いた様子だったが、その動きには一切の無駄《むだ》が見られない。ものの数分で着替えまで終え、身なりを整えながら冷蔵庫を開ける。冷蔵庫の扉の裏側からビニールパックに入った栄養ゼリーを取り出すと、歩きながらそれを飲み始める。

機敏ではあるものの、彼女の滑《なめ》らかな動きは決して急いでいる雰囲気を見せない。

布団の回りにこそ様々な雑貨が散らばっているものの、その他《ほか》の部分は比較的綺麗《きれい》に片付けられている。そうした部屋の中の最短距離を縫《ぬ》うようにして、次々と仕事に必要な身支度を整えていった。

ショートカットの髪には櫛《くし》で梳《す》いた跡がみられるが、前髪だけは相変わらず両目を隠し続けている。視界に影響は無いようで、特に対処するつもりもないようだ。

スタイリッシュなデザインの革《かわ》スーツを身に纏《まと》い、本来ならばスカートをはくところを、上半身と同じようなデザインのズボンを身に着けている。スーツの下は薄手のTシャツを一枚羽《は》織《お》っているだけで、前を閉じていないスーツの間から、艶《なま》めかしい体のラインが見え隠れしている。そのあたりには全くの無頓着《むとんちゃく》なようで、動きやすさを優先した格好をしていると言えた。

口に加えていたビニールパックが空《から》になったのを確認すると、彼女はそれをゴミ箱に放りながら「ごちそうさまでした」と、他に誰が居るわけでもないのに呟《つぶや》いた。

全《すべ》ての準備が整い、いよいよ部屋から出ようという時——彼女は玄関にある奇妙な物を手に取った。

ドアに立てかけられるようにして置いてある、二つの長い革袋《かわぶくろ》。野球選手がバットを入れるバッグに似ているが、それよりも二回り程太い円筒《えんとう》になっている。

黒い革筒《づつ》の両端に繋《つな》げられた紐《ひも》を肩にかけ、二本の砲台《ほうだい》を背中に装着しているような格好になる。見るからに不恰好《ぶかっこう》ではあったが、潤《じゅん》は特に気にしていないようで、そのままドアの鍵を開けて外に出る。

ドアを開いた先にあった光景は、一見すると地下街のショッピングモールのようであった。

いや——構造だけを見るならば、そこはまさしくショッピングモールだ。より正確に言うならば——この場所はショッピングモールになる予定だった所である。

通路を行きかう人々や、それぞれのスペースで仕事の準備などをしている者達の様子を見る限りでは、この場所が地下である事を全く感じさせない。通常のショッピングモールとは大きく異なり、地上にある片田舎《かたいなか》の町を、そのまま地下に埋めたような雰囲気だ。

だが——頭上を遮《さえぎ》る落書きだらけの天井《てんじょう》が、そうした『街の空気』に強い違和感を感じさせる。天井だけではない。壁や床、まだ開いていない店のシャッターに至るまで、この辺り全体が、隙間《すきま》も無いほどの落書きで埋め尽くされていた。

都会にあるような、若者の集団が自分達のシンボルマークをグラフィカルに描くのとは全く違い、ただ単純に『落書き』という単語が当てはまる、そんな印象だった。

落書きの殆《ほとん》どは日本語《にほんご》で書かれているし、通りを歩く人間も八割がた日本人なのだが、この『街』は——日本のいかなる地域からも逸脱《いつだつ》した空気を孕《はら》んでいる。


「あ……竹《たけ》さん、おはようございます……」

「おーう」

潤が外に出ると、隣のラーメン屋が開店準備を始めていた。ほぼ毎日顔を合わせているのだが、潤の性格か、あるいは店主の強面《こわもて》が原因か、どうしても一歩引いて遠慮がちな挨拶になってしまう。

彼女もラーメン屋も、通りに店舗や住居を構えるほかの人々も、その全てが例外なく無法の元にこの地下街に存在している。

本来ならば、今頃この場所には北陸最大級のショッピングモールが誕生している筈《はず》だったのだが、結果的には不法滞在者の巣窟《そうくつ》となってしまっていた。

どうしてそのような事態になったのか？

一体ここはどのような場所なのか？

予備知識無しでこの街を訪れた者は、皆一様にそうした疑問を抱《いだ》く事だろう。

だが、実際には——予備知識無しでこの場所に訪れるものは皆無と言っていい。

島に入るにはいくつかの手段が存在する。一つは、佐渡《さど》か新潟《にいがた》のどちらかから、橋を自力で歩いて辿《たど》り着く方法。当然ながら橋の入り口は立ち入り禁止になっており、警察等の監視の目がにらみをきかせている。

もう一つの方法は、船でこの島に直接乗り込む事。こちらの方法は、専門の『運び屋』が何人も存在し、漁船やモーターボートなどで人や物資を島に運ぶのだ。問題があるとすればそこの金がかかるという点と、船で辿り着いた途端《とたん》に身包《みぐる》みを剥《は》がされて島に放置されるという危険を孕《はら》んでいる為だ。この島に来る事自体が違法なので、被害者は警察に届けを出すこともままならない。

そもそも——日本《にほん》という法治国家から見捨てられたこの島で、身包みを剥がされた状態から、生きて帰れるかどうかも解《わか》らない。

つまり、自分からここに訪れるような者は、やむにやまれぬ事情でどこかから逃れて来た者か、純粋な好奇心でやってきた若者やジャーナリスト。

あるいは——


「ちょおっといいかなあー」

「お姉さんさぁ、ぶっちゃけ、もうオシマイだから」

――このような者達ばかりなのだから。

潤《じゅん》がいつも通りの道を通って仕事場に向かっていると、人通りが途切れた所で唐突《とうとつ》に声がかけられた。

地上へと向かう階段の踊り場で、落書きだらけの風景に溶け込んでいた若者達が、潤の行く手を遮《さえぎ》るように湧《わ》き出してきた。

「……？」

彼女は一瞬何が起きたのか解らず、前髪の下の目を丸くして自分の周囲を眺め回した。

その数、およそ六、七人。

自ら『私は頭が悪いです』という事を誇示《こじ》しているような格好の青年達が、決して狭く無い踊り場の上を窮屈《きゅうくつ》に使って、潤の周りを取り囲んでいる。

「見ろよ、何で自分が選ばれたのかって面《つら》ぁしてやがるぜ」

「かーわいぃ。え、ちょっと、目ぇ見せてよ目」

こちらの都合も聞かずに好き勝手な事を口にしている青年達を前に、潤はようやく彼らの目的に気が付いた。

それを見透《す》かすように、男達は尚《なお》も勝手な言葉を紡《つむ》ぎ続ける。

「な、だから言ったろ？　毎朝この人気《ひとけ》のねぇ場所を通る女が居るってよ」

「マジかよ、この島でこんな無用心な女がいるとは思わねーって」

「いいからとっとと攫《さら》っちまおうぜ」

物騒《ぶっそう》極まりない言葉を前に、潤《じゅん》は静かに首を傾《かし》げてみせる。

——本当に、どうして自分が選ばれたのだろう？

そして潤は、不思議でならないという面持《おも》ちで口を開く。彼女の口調には疑問の色こそあれ、恐怖や怒りといった情動は欠片《かけら》も滲《にじ》んではいなかった。

「あのう……皆さんは、私の事を知らないんですか？」

彼女の言葉はおどおどとしているものの、声色の中に恐怖は微塵《みじん》も感じさせない。

「あぁ？　何言ってんだこのアマ」

男の一人が不機嫌になり、潤の革《かわ》スーツの襟《えり》を掴《つま》みあげる。

「だから知ってるって言ったろうが、手前《てめえ》が毎朝ここを通るってよぉ。大人《おとな》しくしねぇとどうなるか解《わか》ってんだろうな？」

——ああ、そうか。

男の凄《すご》みの利いた脅《おど》し文句を聞いて、潤は心中でポンと手を叩《たた》く。

——この人達、きっとこの島に来たばかりなんだ。私の事も、偶然見かけて、気分だけで目をつけたに過ぎないんだろうな。前から調べてるなら、休暇の筈《はず》の水曜日に待ち伏せする筈が無いし。

目の前のチンピラ達が、自分の金か体が目当ての単なるごろつきだと判断し、彼女は安心したようにため息をつく。

――つまり、この人達は仕事上の敵じゃないって事ですよね。

胸を撫《な》で下ろそうかと思ったが、襟首《えりくび》が摑《つか》まれているので簡単にはできない。

「あのぅ……」

――手を離してくれませんか？

そう頼もうとしたところで、チンピラの怒声《どせい》が覆《おお》い被《かぶ》せられた。

「あぁ？」

「……いえ、すみません……」

相手の言葉に押されて、潤は思わず言葉を吞《の》み込んでしまう。

「なんか文句があるのか？　まあ、暴れたらそれだけ痛い目ぇ見る事に――いや、待てよ。それはそれで楽しいから、別に暴れてもいいんだぜ？」

そう告げるチンピラを前に、彼女は申し訳なさそうに顔を俯《うつむ》け――

――消え入るような声で呟《つぶや》いた。

「……はい……そうします……」

「あ？」

次の瞬間、彼女の手が背中に滑《すべ》り――背中にある円筒《えんとう》型のバッグの一本に差し入れられる。

「あッ！　こいつ何を――」

普通ならば腕を掴《つか》んででも止めるところだったのだろうが、潤《じゅん》の動きには全く無駄《むだ》が無く、彼女が手をバッグの中に伸ばすまで、チンピラ達は彼女が動いた事にすら気が付いていなかった。スタンガンか何かを出すつもりだろうか。チンピラ達も流石《さすが》に馬鹿《ばか》ではなく、この物騒《ぶっそう》な街を歩くからには、女でもそれなりの護衛手段を持っているとの警戒《けいかい》はしていた。

だが、どんな物を出したところでこの人数の前では無意味だろう。その油断と驕《おご》りが、彼らの運命の明暗を分けた。

新参者《しんざんもの》の彼らは――この街をあまりにも知らなすぎたのだ。

次の瞬間、少女の背中から滑《すべ》り出した物は――

「え……」

チンピラ達が、揃って声をあげた次の瞬間、

バルルルルルルルル――――

コンクリートで覆《おお》われた階段の踊り場に、猛獣《もうじゅう》の雄叫《おたけ》びのような轟音《ごうおん》が激しく反響する。

その音の正体を知り、襟首《えりくび》を掴んでいたチンピラは一瞬でその手を離して飛びずさり――

バランスを崩してそのまま尻餅《しりもち》をついてしまう。

他《ほか》の面々《めんめん》も一斉《いっせい》に動きを止め、その内の一人が咥《くわ》えていたタバコがポロリと口からこぼれ落ちる。タバコの男は落ちた吸いかけに目線を移すことはなく、潤の右手に握られた物体を見て、唇《くちびる》を小刻みに震わせ続けていた。

潤が背中から取り出した物は、銀色に輝きながら激しい唸《うな》り声をあげている。

回転。

回転。

また回転。

鉈《なた》のような金属板の縁《ふち》を、鋭いチェーンがリニアモーターカーのように滑走《かっそう》している。

それは——赤いエンジン部からいくつもの回転刃を滑《すべ》らせる——刃《やいば》の部分がバット並みに長い、シャープなデザインの回転鋸《のこぎり》だった。

「え……？」

「チェーン……ソー……？」

今度は男達の方が事態が呑《の》み込めないといった顔つきになり――入れ替わるように、潤《じゅん》の表情が先刻までとはガラリと変わってしまっている事に。

世界の全《すべ》てに謝ってしまいそうな表情から一転して――今の彼女の顔には、天使のようにさわやかな笑顔が張り付いている。

目は髪に隠れたままであるものの、見る者全てに安らぎを与える表情だ。

見た目ほど重くないのだろうか、彼女は片腕一本でチェーンソーを空中に制御《せいぎょ》し、呼吸一つ乱れてはいない。確かにそのチェーンソーはエンジン部分が既存品よりもかなり小さく、細長い刃《やいば》の部分と相まって、見る者に日本刀の姿を連想させる。

そんな奇妙で危険な玩具《おもちゃ》を振りかざしながら、潤は笑顔のままで自己紹介を開始した。

「ええと……はじめまして、私は――この東区画で一番偉い人の護衛部隊長をやっている、砂《さ》原《はら》潤と言います！」

先刻までのおどおどとした態度は何処《どこ》へやら、潤は輝くような声で自分の役職と名前を紡《つむ》ぎだし――言い終えると同時に、チェーンソーの刃をさらに勢い良く回転させた。

踊り場に再び轟音《ごうおん》が巻き起こり、音は階段中から跳《は》ね返って耳を劈《つんざ》くように木霊《こだま》する。

狭《せま》い踊り場の中で、恐ろしい回転数で刃の上を刃が巡る。

彼女から見て、周囲にいる全ての男達が射程距離だ。ベルトにナイフを差している男もいたが、チェーンソーの勢いに気圧《けお》されて、腰から抜こうとすらしていない。

だが——ようやく正気を取り戻した男の一人が、手に持っていた鉄パイプを振りかぶり
——次の瞬間、目の前で火花が飛び散り、手に持っていたパイプが弾《はじ》き飛ばされた。

気が付くと彼の顎《あご》の下あたりに高速回転するチェーンが迫っており、顎に生えた無精髭《ぶしょうひげ》に触れてチリチリと音を立てている。

チェーンソーをそこまで持っていった動きが、彼には殆《ほとん》ど認識できなかった。潤は全く無駄《むだ》の無い動きで、最短距離を風が流れるように得物《えもの》を移動させたのだ。

チェーンソーで髭を剃《そ》られた男は悲鳴を上げることすらできず、潤がチェーンソーを引いた瞬間にヘナヘナとその場に崩れ落ち——そのまま意識を失ってしまった。

「コッ……このアマッ！」

チンピラの一人が激昂《げっこう》し、腰にぶら下げていた得物を取り出した。

それは刃渡り30センチ程の巨大なナイフで、脅《おど》し目的以外では、本当に相手を殺すことを覚《かく》悟《ご》しなければ使えない代物《しろもの》だ。

それまで気圧されていたチンピラは、その巨大な質量を持つ事で自信を持ったのか、あるいは自棄《じき》になったのか——チェーンソー女に向かって、悲鳴に近い雄叫《おたけ》びをあげて振りかぶった。

だが——

「遅いですよ……っと！」

振りかぶった手首に、僅《わず》かな隙間《すきま》を空《あ》けて、無音のチェーンソーが突きつけられている。

彼女は自分に背中を向けたままで、彼女の右手には激しい音を立てるエンジンが。

そして今、チンピラの手首に添えられているのは、潤《じゅん》の左手によって支えられている、まだエンジンの始動していないチェーンソーだ。いつの間に取り出したのか、娘《むすめ》の両腕にはそれぞれ一台ずつの駆動鋸《チェーンソー》が収まっている。

危険を通り越して、滑稽《こっけい》な印象すら与える格好だ。チェーンソーの二刀流など、想像こそすれ誰も本気でやろうなどとは思わない。

しかし、チンピラ達——の目の前で、その娘は現実に存在していた。

チンピラ達はそこでようやく各々の得物《えもの》を取り出し、悪夢を振り払うかのように目の前の女に向けて構え始める。

ナイフやスタンガン、特殊警棒など、およそチンピラらしい喧嘩《けんか》の道具が勢ぞろいしている。

銃器《じゅうき》こそないものの、人を一人殺すには充分過ぎる凶器《きょうき》の数々だ。

だが——その全《すべ》てが、潤の持つチェーンソーの前では小さく霞んで見える。

人を傷つける事を目的としたわけではない、ただの駆動鋸《チェーンソー》は——ナイフやスタンガン等の『武器』よりも、遙《はる》かに直接的な危険を感じさせるのだ。

チンピラ達が揃って息を呑《の》む中、当の潤だけは汗一つ掻《か》かずに、楽しそうな顔でチンピラ達の顔を見回した。

「ええとー！　まだ、逃げてくれないんですねー！」

エンジンの音に負けじと声を張り上げて、チンピラ達に戦意の有無を確認する。

それに答えたのは、尻餅《しりもち》をついたままのリーダー格の男だった。

「な、な、何やってんだ！　早くこの女をぶっ殺せぇッ！」

悲鳴に近い叫びを合図として、チンピラ達が一斉《いっせい》に動き出した。

潤もまた、チンピラ達と同時に小さな動きを見せる。

左手に収まったチェーンソーのアクセルスロットル。銃《じゅう》を思わせる引き金状の黒いレバーを、人差し指で静かに引き絞《しぼ》る。ただそれだけの動作だった。

刹那《せつな》、停止していたチェーンソーから激しい爆音が響き渡った。

燃料点火と回転の上昇を同時にこなすように作られたそのスロットルは、片手での始動を前提として作られているかのようだった。

「ひぃッ！」

大型ナイフのチンピラが、悲鳴をあげて後ろに下がろうとする。自分の手元で切断用のチェーンが勢い良く回りだしたのだから無理も無いだろう。

「おお、おいッ！　あぶね……ぁッ⁉」

男の悲鳴はエンジンの轟音《ごうおん》に吸い込まれ、下がろうとした矢先に背中が壁にぶつかった。

二重に響く振動に、鼓膜《こまく》はおろか心まで震わされるチンピラ達。一旦《いったん》は振り上げた各々の得物を止め、背中を冷や汗に満たしながら敵の顔を見る。

つい1分前まではチンピラ達の『獲物』だった女が、今は『敵』となり――二機目のエンジンを始動させた瞬間、彼女はついに『天敵《てんてき》』となった。

動けなくなったチンピラ達を惑わすように、潤《じゅん》はチェーンソーを持ったまま、その場でクルリと回ってみせる。チェーンソーをチンピラ達に届くギリギリの距離まで伸ばし、まるで独楽《こま》のように綺麗《きれい》な円を描いて見せた。

「アハッ」

透《す》き通るような笑い声。エンジンの音が階段中に反響する中で、その声だけはチンピラ達の耳にハッキリと聞こえてくる。

だが、それは幻聴だったのかもしれない。

前髪の隙間《すきま》から覗《のぞ》いた、恍惚《こうこつ》とした狂喜の輝き。

ある種のトランス状態に陥っているかのようなその瞳は、見る者に対して美しさと恐怖を感じさせる。

「アハハハッ！　ねえねえねえねえ」

チェーンソーを取り出すと同時に、別人のように強気になった潤。

二台目のチェーンソーの始動と共に、更に別の人格が現れたような、二段目の変貌《へんぼう》を遂げる。

「貴方《あなた》達は、この島に何をしに来たんですか？」

狂喜に満ちた笑顔を浮かべながらも、丁寧《ていねい》な言葉使いは保ったままだ。

チンピラ達にとっては、それがかえって不気味でならなかった。

冷静に命を奪う、静かに笑う死神のようなものをイメージさせるからだ。

「貴方達は――この島を、動かしに来たんですか？」

天をもつんざくような轟音《ごうおん》と同調して、彼女のテンションも爆発的に膨《ふく》れ上がっている。それを己の内に全《すべ》て納めながら、潤は落ち着いたフリをして言葉を紡《つむ》ぐ。エンジンの回転数を下げ、悦《えつ》に浸った表情で、チンピラ達に続けざまに問いかける。

「貴方達は――この島のエンジンになれますか？」

しかし、チンピラ達には聞こえない。エンジン音にかき消されたわけではない。単に、潤の言葉に耳を傾ける程の余裕《よゆう》が残っていなかっただけだ。

「うぁぁぁあああああぁぁぁぁぁあッ！」

状況に耐え切れなくなった男の一人が、恐怖から逃れるために前に出る。

手に持ったナイフを、潤の背中目掛けて思い切り振り下ろそうとするが――

「アハハハッ！　ダメダメダメ、ダメですよッ！」

何故《なぜ》か、彼女の首がこちらを向いている。

首から上がこちらにねじれたかと思うと、それを追うように、上半身と腰が――そして最後に、腕とチェーンソーがついてくる。

まさしく猫《ねこ》のような身体《からだ》の柔《やわ》らかさで、潤《じゅん》は身体全体を使ってチェーンソーを振り回す。

チンピラの持つナイフの刃《やいば》に、チェーンソーの切断バーが綺麗《きれい》に吸い込まれていく。

ガキャッ
耳障《ざわ》りな音と共に二つの刃が激突し、火花を散らす間も無く、男のナイフが弾《はじ》き飛ばされる。

「うぉぉッ!?」

決して男の力が弱かったわけではない。しかし、遠心力すらも利用してぶつけられたチェーンソーの質量に叶《かな》うはずもなく、男の手中には骨の折れそうな衝撃《しょうげき》が残るのみだった。

一方、潤の動きは止まらない。

チェーンソーを持った腕の勢いを殺さぬまま、今度は腕に身体をついていかせるような形で水平に回る。

ガキン
水平に回った瞬間、スタンガンがバラバラになって床に弾き飛ばされる。

それでも彼女は止まらない。回転する刃を手に、横に斜めに華麗《かれい》な回転を続けていく。エンジンの轟音《ごうおん》が、チェーンではなく彼女自身を回転させているのだと錯覚《さっかく》させる程に。

バキ　ガキャ　カキリ
彼女が一回転する度に、チンピラ達の武器が一つずつ弾き飛ばされる。

全員の武器が弾き飛ばされたところで、今度こそ男達の動きが完全に止まった。

「——もう、おしまいですか？」

それを確認すると、潤はアクセルスロットルを絞《しぼ》る指を緩《ゆる》め、エンジン音を少しずつ抑えていった。

「お、おぃぃぃ！　待て！　ちょッ！　待て、待ってくれぇぇ！　な、な？　何でもするからよ、俺《おれ》らの事は見逃してくれや、もうあんたにはちょっかいは出さねぇからよ！　な！　な！」

尻餅《しりもち》をついていた男が目を剝《む》きながらそう叫ぶが、潤は優しく微笑《ほほえ》みながら口を開いた。

「……『あんたには』？」

「え？」

「……じゃあ、他《ほか》の人はやっぱり狙《ねら》うって事なんですね？　この『島』で、この『街』で、そして何より、私が住むこの『東区画』の中で……貴方達《あなた》は、自分の生き方を貫くっていうんですね？」

彼女の目が僅《わず》かに細められた瞬間、静まりかけていたエンジンが再び息を吹き返す。

バルルルルルルルルルルルルルルルルル
「ちょッ！　ちょっと待てぇッ！」

「アハハッ！　待てって言われましてもーッ！」

エンジンの音に負けないように声を張り上げながら、潤は天使の笑顔で死刑宣告を行った。

「すいませんー！　この子達の音が煩《うるさ》くて、何を言ってるのか全然聞こえませんー！　だからー、待てませんーッ！　アハハッ！　ごめんなさいーッ！」

「しっかり聞こえてんじゃ……」

チンピラの涙半分の突っ込みは、回転数を上げたエンジンによって完全に遮断《しゃだん》された。

「アハッ」

潤《じゅん》は子供のように無邪気《むじゃき》な笑い声をあげると、自らの身体《からだ》をゆらゆらと蠢《うごめ》かせる。

「貴方《あなた》達はー、この島に向いてません！　だからだから、貴方達が二度とこの島に来る気がなくなるようにしてあげますッ！　それがー！　貴方達の為ですからー！」

涙が出るような気遣《づか》いをかけながら、彼女はチンピラ達を逃がさない。

もっとも、そんな優しい言葉は、エンジン音によって打ち消されてしまったのだが。

なんとかして逃げようともがくチンピラ達。

そんな彼らを追い詰めるように、エンジン音と、それに伴う刃《やいば》の回転音が迫り——

バルルルrrrrrrrrrrrrrrrrrrr——

△

▼

東区画　地上部分　テーマパーク建設予定地

世界一巨大な海上橋──越佐大橋《えっさおおはし》。

様々な要因が重なって、未完成のまま放置された巨大建築物。

本来ならば、今頃北陸最大級の観光名所になっている筈《はず》だったのだが──その道路を車が通り抜けた事は一度も無く、結果としてこの橋は、生み出される前から廃墟《はいきょ》と化してしまった。

橋だけならばまだしも──問題は、その中央に聳《そび》える海上の城砦《じょうさい》だ。

21世紀に入ってから急速に発達した海上建築の技術。日本《にほん》の生み出した最先端技術の粋《すい》を集めて造り出された、日本海に浮かぶ人工島。

東京湾《とうきょうわん》の海ホタルを遙《はる》かに上回る規模の人工島。橋とその『島』の計画は、21世紀前半の巨大建築プロジェクトとして日本中で注目される存在だった。

だが──日本を再び襲った大不況の波や、対外関係の悪化。その他《ほか》にも建造途中の事故など様々な要因が重なり、この橋と『島』は、日本中から見放された。

そして現在は、同じように社会から見放された人間達が勝手に住み着くようになり、違法建築などを繰り返して、かつての九龍城《クーロン》さながらの無法地帯と化してしまっている。

人工島はいくつかの層に分かれており、様々な施設や居住区がごっちゃになった『地上部』と、地下のショッピングモール予定地を利用して、店舗《てんぽ》や住居が入り乱れる『地下層』、そして、こうした流れ者の集まる街の、更に掃き溜《はだ》めのような駐車場予定地――特別に危険な空気と、それに見合った不可思議な魅力を纏《まと》う『最下層』。最下層にはどうしようもないゴロツキや麻薬中毒者が闊歩《かっぽ》すると言われ、上層部では手に入らないような代物《しろもの》も金か腕っぷし次第でいくらでも手に入れる事ができると言われている。

最下層を除いた『上層部』と呼ばれる階層は、地上も含めていくつかの区画に分かれている。それぞれの区画は、本土の暴力団やチャイニーズマフィア、あるいは他の非合法な組織が管理を行い、自分達の区画内で行われている流通を取り仕切っている。儲《もう》けの中から支払う上納金の割合から、揉《も》め事が起こった時の仲裁《ちゅうさい》、果ては島と島外の間に生じる取引やその他の利権についての一切合切《いっさいがっさい》……要するに、各区域には『支配層』と呼ばれる組織がそれぞれ存在しているという事になる。

去年の暮れまでは、この島は東西南北で四つの巨大な区画に整理され、それぞれの『支配層』にあたる組織が各区画を取り仕切っていた。

ところが、一人の暗殺者の手によって北区画と南区画の中心人物が消され――現在では、実質的に東区画と西区画――この二つの区画の支配者達が、この島の全《すべ》てを取り仕切っていると言っても過言ではない。

北と南の後ろ盾《だて》にあった本土の暴力団が色々とちょっかいを出してきたが、確固たる力を持った東西二つの組織は、彼らに対して付け入る隙《すき》を与えなかった。

それぞれの組織は地上部に事務所を構えており——西区画を仕切る大陸系のマフィア達は、オープンを待つことなく廃業した十五階建てのホテルを丸々私物化しており——それに対して、東区画の『多国籍マフィア』は、島の東側にあるテーマパーク予定地と、併設されたレジャーホテルに居《きょ》を構えている。

テーマパークの敷地内には、造りかけの観覧車やジェットコースターの鉄骨が無残に錆《さび》付いており、周囲をなんとも言えない寂寞《せきばく》とした雰囲気に包み込んでいる。

その正門を堂々とくぐりぬけ——砂《さ》原潤《はらじゅん》は、仕事の事務所である園内の管理事務所の前に立っていた。

入り口からすぐ脇《わき》に入った場所にある為、無骨《ぶこつ》な園内の様子を見る事無く仕事場に向かう事ができる。

テーマパークが完成した暁《あかつき》には、この建物にも園内のイメージに合わせ、子供達の心を弾《はず》ませるような装飾が施されたのだろうが——

現時点では子供に受けるような飾り気は欠片《かけら》も無く、落書きだらけの壁には鉄材が立てかけられ、屋根からは何かの作業に使ったと思われるトタン板がはみ出している。

ただ、落書きは島内の他《ほか》の箇所とは趣《おもむき》が異なり、洗練《せんれん》された技術によってグラフィカルな模様が描かれている。人の顔やドラゴン、髑髏《どくろ》などをイメージしたデザインの数々が、変形した文字と刺々《とげとげ》しくも美しく調和している。

——問題は、それらの脇《わき》に書かれている落書きの内容が『北陸最強』だの『西区画上等』だのと今日び暴走族でも書かないような文句に溢《あふ》れているという事だろうか。

窓ガラスは厚いカーテンに覆《おお》われたままで、中の様子は全く窺《うかが》いしれない。耳を澄ませてみるが内部からの音は無く、ドアの奥では時間が止まってしまっているのではないかと思えるほどだ。

潤は不安げな表情でドアの前にとどまっていたが、やがて意を決したようにうなずくと、大きく息を吸い込んでドアノブに手をかけた。

そして——頭を深く下げながらゆっくりとドアを開く。

「あのぅ……遅れてすみませんでした……」

大量に吸い込んだ息はなんとも情けない声に変換され、管理事務所の屋内に弱々しく響きわたった。

チンピラ達を迎え撃った先刻とは大違いで、気弱な雰囲気を周囲に振りまく、怯《おび》える小動物風の性格に戻ってしまっている。

室内は事務所の外観と大きく異なり、絵画やポスター、インテリアに即したデザインの壁掛け時計など、様々な装飾に彩《いろど》られており、この部屋だけを見るならばまっとうな企業の中にある一室と取れなくもない。ただ——張ってあるポスターの内容が卑猥《ひわい》なグラビア写真であったり、『人類を愛するそのエイリアンは、二丁拳銃《ちょうけんじゅう》だった——ダブルベレッタ』等と書かれた妙な映画のポスターだったりするのが違和感を醸《かも》し出している。

しかし、頭を下げている潤《じゅん》にはそうした光景は目に入らない。目に入ったとしても、ほぼ毎日見ている部屋の光景なので、見たところで特別な反応は示さないことだろう。

自分の遅刻に対する仲間達の反応をうかがおうと、潤が恐る恐る顔を上げると——

眼前に、二つの足の裏が見えた。

「え……」

風をかすめる音がして、彼女の頭の横を巨大な質量が通り過ぎる。

そして、激突音。

鼓膜《こまく》が破れるかと思う激音に打たれ、潤は悲鳴をあげる事もできずに体を硬直させている。

頭の中を必死に落ち着かせながら、彼女は瞬時に状況を理解した。

そして——

「……ひぃ」

と、やはり力の無い悲鳴をあげて――眼前に降り立った一人の人物に目を向けた。

目の前に立つ長身の男――潤の頭の横、出入口間際《まぎわ》の壁に派手《はで》にドロップキックを見舞った黒服の男は、潤の悲鳴を聞いてつまらなそうに口を開く。

「もっと派手に悲鳴をあげろよ。あー、あと、電話では言い過ぎた。謝る。すまんな」

「あ、謝るぐらいならドロップキックはやめて下さいよう……」

おずおずと抗議する潤の後ろで、ヒビの入ったコンクリートの壁がパラパラと音を立てている。元から老朽《ろうきゅう》化していたのか、それとも今の衝撃《しょうげき》によってヒビが入ったのか――怖い想像になるので、潤はそれ以上考えないことにした。

「謝らないぐらいなら、顔面に食らわせてる」

「ひッ……」

「そして俺《おれ》がまだ怒っているなら、ドアに叩《たた》き込んでお前を挟《はさ》みつぶしてる」

「……」

冗談《じょうだん》と思いたかったが、黒服の男――張《チャン》の目には笑顔の欠片《かけら》も見られない。物騒《ぶっそう》な言葉を聞きながら、二人は事務所の奥へと入っていく。

申し訳程度に机が並べられた会議室のような室内に、十数人の男女が集まっている。皆思い思いの格好をしており、スーツ姿なのは張と潤の二人だけだ。もっとも、潤も『普通のスーツ姿』というには程遠い格好ではあるのだが。

「遅いよー、隊長」

潤《じゅん》達の姿を見て、私服の集団がニヤニヤと笑いながら声をかけてくる。

ここに集まっている統一感の無い集団は、東区画を取り仕切る組織の『護衛部隊』だ。

彼らは組織の幹部達を守る弾除《たまよ》けであり、時には自らが鉄砲玉となって襲い来る敵を殲滅《せんめつ》する精鋭部隊なのだ——

——壁の『護衛部隊、隊員募集』というポスターには、そう書かれている。

そして、先刻チンピラ達に対しての自己紹介を聞く限り、砂原《さはら》潤がその護衛部隊長という事になるのだが——ポスターには次のようにも書いてあった。


『月に一度のじゃんけん大会、君も部隊長になれるチャンス！』


誰かがふざけて作ったとしか思えない内容のポスターだが、これが東区画の地上と地下、果ては最下層にまで張り巡らされているのは事実であり——このふざけた集団が正真正銘《しょうしんしょうめい》の東区画直属の護衛部隊であるという事も——紛《まぎ》れも無い事実なのだ。

もっとも、護衛部隊とは名ばかりで、護衛の他《ほか》にも幹部の雑用や簡単な使いっ走り、時には敵対組織に対する牽制《けんせい》など——実質上は組織が自分達の為に運営している『何でも屋』と言った方がしっくりくるかもしれない。

いざとなれば殺し等の汚《よご》れ仕事もやるのだろうが、東区画の幹部は穏健《おんけん》派で占められているため、潤にはそうした仕事が回ってきた事はない。

「あの、その……どうもすみませんでした」

再びペコリと頭を下げる潤に対し、隊員達は嫌味《いやみ》の無い笑顔で答えてみせた。

「気にするなって。いつもの事だし」

モヒカン刈りの男が手を下から上に振って顔を上げろとジェスチャーすると、横の壁にもたれかかっていた男が声をかける。青い色眼鏡《めがね》をかけた、褐色《かっしょく》の肌《はだ》の優男《やさおとこ》だ。

「それにしても、張さんが電話で怒鳴《どな》りつけてから随分と時間かかったね？」

流暢《りゅうちょう》な日本語を喋《しゃべ》るスパニッシュ系の男に、中国人の張もまた流暢な日本語で言葉を紡《つむ》ぐ。

「おお、そういやそうだ。手前《てめえ》さては二度寝しやがったな」

「ち……違いますよう……」

たどたどしい否定の言葉を述べた後、彼女は一通りの経緯《けいい》を説明する。

――チンピラ七人に囲まれたので、チェーンソーの二刀流で撃退してきました。

普通ならば何を馬鹿《ばか》なと一笑に付されるところだが、護衛部隊の面々《めんめん》は誰もその話を疑わない。潤は遅刻の言い訳に下手《へた》な嘘《うそ》をつくような人間ではないと信頼されていたし――何より、その程度の事は、この『島』では日常茶飯事《さはんじ》なのだから。

「ったく、そんなもん、とっとと一人ぶった斬《ぎ》りゃあ全員逃げ出して済むだろうがよ」

張《チャン》の放つ物騒《ぶっそう》な言葉に、潤《じゅん》は首をブンブンと振りながら反論する。

「そんな……！　ダメですよ、チェーンソーは人殺しの道具じゃないんです！」

「護身用の道具でも無いだろうが……大体な、お前みてえなジェイソン女が何言っても説得力ゼロだぞ」

その言葉にも何か不満があるのか、潤はおずおずと手をあげる。

「……あのう……それは……間違い……」

「あぁ？」

「……ひぃ」

泣きそうな顔になって俯《うつむ》く潤。その背後に、先刻のスパニッシュ——カルロスが忍び寄る。

カルロスは潤の背負うバッグからチェーンソーを取り出すと、有無を言わさず潤に握らせる。

そして、彼女の指に手を添えるように、チェーンソーのエンジンを始動させた。

バルルルルルルルル
「これで、五分、と」

楽しそうに笑うカルロスの前で、潤の目に光が灯《とも》る。

そして、弱気の欠片《かけら》も見せずに、張の鋭い眼光を睨《にら》み返して言葉を紡《つむ》ぎだした。

「酷《ひど》いですよ張さん！　人をジェイソン呼ばわりなんて！　いいですか、『13日の金曜日』シリーズの中で、彼は一度もチェーンソーを使ってないんですよ！　紳士《しんし》なんですよ！」

「紳士ってお前」

「チェーンソーを人殺しの道具に使ってるのは、『テキサス・チェーンソー』のレザーフェイスです！」

張に向かってチェーンソーをビシリと指しながら、潤はどうでもいい間違いについて勢い良くまくし立てる。

「とにかく！　私はチェーンソーを自分の身近にいる家族と思って使っているんです！　そんな殺人鬼と一緒にされたらかないません！」

「そのチェーンソー殺人鬼の映画音楽を着メロにしてる奴《やつ》が、そういう事を言うか？」

張が呆《あき》れた顔をして突っ込むが、潤は欠片も動揺しない。

「何言ってるんですか！　映画は映画、私は私ですよ！　張さん、現実とフィクションの区別、ちゃんとついてますか？」

「なんかムカツクなあ」

苛立《いらだ》たしげに呟《つぶや》くが早いか、張は両の拳《こぶし》を強く握り締め――

拳どうしで挟《はさ》みつぶすように、チェーンソーの刃《やいば》を白刃《しらは》取りにした。

回転するチェーンには触れず、その間のバーの部分をギリギリと締め付ける。

「あッ」

潤《じゅん》が声をあげた時には既《すで》に遅く、張《チャン》は腕の力だけでチェーンソーを捻《ひね》り上げ、そのまま彼女の手から奪い取った。

アクセルから指が離れた事により、回転を弱めつつあるチェーンソー。それに合わせるように、潤の瞳からも少しずつ光が弱まっていく。

「……ぁ、あの……すみません、私、つい……張さんにチェーンソーを向けちゃって……」

「ったく……」

元の気弱娘《むすめ》に戻った潤に対し、張はヤレヤレと言った表情でため息をつく。

滑稽《こっけい》な二人の様子を見て、混乱の元凶《げんきょう》であるカルロスは楽しそうに笑うだけだった。

そして、何事も無かったかのように話題を変える。

「っていうか酷《ひど》い奴《やつ》だよねぇ張さんてさ。電話越しに自分の上司《じょうし》を呼び捨てにして怒《ど》鳴《な》りつけるなんて」

「黙れカルロス。お前こそ、何だそのふざけた色眼鏡《めがね》はよ」

話をそらす為に切り出した文句に対し、カルロスは大仰《おおぎょう》に手を広げて首を左右に振り始めた。

「あぁあぁ。解《わか》ってないなぁMR．チャン。この眼鏡は我が街のアイドル、ぶるぶる電波のケリーちゃんとお揃いの一品だよ？」

ぶるぶる電波というのは、この街で唯一の情報発信元である海賊《かいぞく》ラジオ、『蒼青《そうそう》電波』の俗称だ。ケリー・ヤツフサという名の女性がたった一人で運営しており、空色のワゴン車に乗って島中を駆《か》け巡っている。

「これ、この島の中じゃ売ってないモデルでさー、わざわざ運び屋のヤマトに頼んで本土まで買いに行ってもらったんだよ？　やっぱさ、こんな場所で仕事しててもアクセサリーには気を使いたいじゃない？」

「それがどうしたこのスパニッシュ野郎《やろう》、手前《てめえ》なんざム所《しょ》ん中で手錠《てじょう》でもかけてカポエラでもやってるのがお似合いだ」

「カポエラはブラジルだろ？　……そっちこそ、手枷《てかせ》でもつけて崩拳《ぽんけん》の鍛錬《たんれん》でも積んでりゃいいさ。もちろん、牢屋《ろうや》の中で」

妙な例えを持ち出しあっていがみ合う二人の男。その様子を遠巻きに眺めながら、潤は手近に居た部下の女に声をかけた。

「あの……その、張さん、今日機嫌悪いんですか？」

「うん、ちょっとね」

上半身がボンテージ風のビキニで下半身がジーパンという、やはり普通の感性とはどこかずれた女が、気まずそうな目で張を眺めながら、小声で答えを返してきた。

「あの、やっぱり私のせいですか？」

「遅刻したの、あんただけじゃなくてさー」

潤の言葉に肯定も否定もしないまま、ジーパン女は淡々と事実だけを述べていく。

「護衛の半分以上が遅刻した上に、隊長の貴方《あなた》まで遅刻じゃねえ。まあ、ここまではいつもの事だけど――そもそも……肝心《かんじん》の人がこの場に来てないんだもん」

「え……」

そう言われて、潤《じゅん》は周囲を見回してみる。

わざわざ休日返上までしてこの場に自分が出向いているのは、通常よりも厳重にあたるべき、特別な護衛の仕事があるからに他《ほか》ならない。

大半はこの東区画を仕切る組織のトップである人間の護衛が仕事となり、今日は西区画との臨時会合が決まった為に、今日1日は緊張した時間が続くことになる筈《はず》だったのだが――

「……あれ？」

二回ほど周囲を見回して、潤は気の抜けた声をあげる。

護衛の部下達はほぼ全員揃っており、来ていないのは問題を起こして謹慎《きんしん》を食らっている数名程度だ。

だが――そこには、肝心の人物が来ていなかった。

彼女達護衛部隊が護るべき男の姿が、影も形も見えないのだ。

「潤、いいからとっとと電話しろ」

カルロスとの睨《にら》み合いを終えた張《チャン》が、肩を怒らせながら潤の方に歩み寄って来た。

室内の人間達は、触らぬ神に祟《たた》り無しとばかりに、張と目を合わせないようにしている。

潤は胸ポケットから自分の携帯電話を取り出し、張に対して一つの疑問を口にする。

「張さんは電話しなかったんですか？」

「……俺《おれ》の番号は、着信拒否にされてた。事務所からの電話にも出やしねえし」

拒否された瞬間のことを思い出したのか、首筋に血管を浮かばせながら張が答える。

潤は疲れたように息を吐《は》くと、携帯電話の中から『ぼす』とかかれた名前を選び、電話をかける。

この島に当然ながら公共設備は存在しない。だが、島の建設中から置かれているアンテナが未《いま》だに生きており、携帯電話の通信には事欠かない。近年見られる通信速度の増加に対応しているアンテナで、設備さえあればインターネットやデータ通信のやりとりにも支障《ししょう》はない。

何回かのコール音の後、電話口の奥から眠《ねむ》そうな男の声が聞こえてくる。

『ふぁい、もふぃもふぃ』

先刻の自分もこんな感じだったのだろうかと思うと、潤は急に自分が恥ずかしくなってきた。人のフリ見て我がフリ直せとはよく言ったものだが、まさに自分の雇《やと》い主とシンクロしてしまうとは思わなかった。

「あ、あのぅ……どうも、砂原《さはら》です」

『おおッ！　潤ちゃんかネ！』

潤《じゅん》が名乗ると途端《とたん》に相手の声が覚醒《かくせい》し、どこの国の訛《なま》りか良くわからないイントネーションの言葉が聞こえてきた。

電話の声は非常に若々しく、それだけで判断するならば20代半ばと言っても差し障《さわ》りはないだろう。

「あ、あの、おはようございます」

『やぁやぁ、朝っぱらからこのグランドール・ラッツフェンド・ゾルバ・ギータルリン・サンタマリア・正宗《まさむね》に電話をくれるとはなんと縁起《えんぎ》がいいことだろうかネ？』

やけに長ったらしい名前を口にするが、潤は微塵《みじん》も動揺する事無く言葉を返す。

「……また名前変えました？」

『ああ、昨日まではスタージエンヌ・リールフィット・スゾ・フェルドナルド・ギータルリン・ダ・ラクチャート・サーシャ・村雨《むらさめ》……って名乗ってたけどね。夢見が悪いから変えてみたんだよネ。まあ、好きなように呼んでくれたまえヨ』

「じゃあ『ボス』、今日は西区画との会合なんですけれど……」

東区画を取り仕切るのは、とある外資系マフィアの一団だ。外資系と言ってもシチリアのマフィアや南米系のマフィアの直属というわけではなく、様々な国から援助を受け取っている特殊な組織だ。

敵対している間柄の国や民族同士が、この一つの組織に同じように援助を行い、他国の人間が稼《かせ》いだ金を受け取っている。通常ならば組む事は考えられないのだが——どの国にも、はみ出し者というものは存在する。大勢から漏《も》れ、各国の誇りや宗教的な思想よりも、個々の利益にこだわる組織は大抵の国に存在する。だが——そうした組織は大した力が無いというのが現状であり、この越佐大橋《えつさおおはし》という魅惑《みわく》の金づるを見つけても、自分達がどこかの区画を仕切るには力が足りなさ過ぎる。

そんな各国の組織が互いに『暗黙の了承』という形で手を結び、この『島』に進出してきた——それが東区画を管理する『多国籍マフィア』の正体である。

一体どれだけの国からどれだけの組織が援助を行っているのか、潤達はもちろん、援助を行っている各国のマフィア達も知らない事だ。彼らにとってみれば、自分達が援助をした分にふさわしい見返りがあれば良いわけで、必要以上に他《ほか》の組織にまで執着《しゆうちやく》しない。

そんな株式会社のようなシステムで、この東区画を仕切る組織は成り立っている。大陸系のマフィアが後ろ盾《だて》にいる西区画や、他国の大規模な組織から見れば面白《おもしろ》く無い話かもしれないが、必要以上に東区画の組織を潰《つぶ》そうという動きは見られなかった。組織に援助している自分の国の組織を潰したところで、他国の組織が援助を続ける限り、東区画の組織は生き続ける。

この『島』の東区画自体を直接潰そうとすれば、他国と必要以上にもめる火種《ひだね》になりかねない。小さい組織ばかりだという噂《うわさ》はあるが、部外者には組織の全容を摑《つか》むことができないのだから。

更に——この東区画の組織の存在は、部外者のマフィアにとっても有益な点が一つあった。

この東区画の主な収入元は、マネーロンダリング――汚《きたな》い裏金を綺麗《きれい》にして持ち主の元に返し、その上前をはねるという『事業』が中心となっている。これは部外者の組織でも利用が可能なシステムであり――日本国内からも多くの依頼が舞い込んでくる。ヤクザや闇《やみ》金融の類《たぐい》はおろか、政治家や事業家、宗教家に至るまで――様々な人間が金の浄化《じょうか》を求めてやってくる。

ただし、東区画も仕事は選ぶ。大規模なテロ組織などの資金を浄化する事になれば、この『島』の存在自体が日本《にほん》という国ごと睨《にら》まれてしまう。

そうならないように、尚且《なおか》つ各国の裏組織に、自分達が存在することを目溢《めこぼ》しされる程度の利益を与える――そのバランスを保たせているのが、この東区画の幹部達だ。

その頂点に君臨する男――噂《うわさ》では、各国の組織に掛け合い、こうした組織のシステムの基盤を作ったと言われる男こそが――砂原《さはら》潤《じゅん》達に『ボス』と呼ばれる存在であった。

彼は常に名前を変える。本当の名前は東区画の中でも一握りの人間しか知らないらしい。

自分の命を預ける護衛部隊の面々《めんめん》に対してもそれは同じで、不平を言うと彼は決まって『好きなように呼ぶといいヨ』とだけ答えるのであった。

国籍も年齢《ねんれい》も不明なのだが、それ以外の事に関しては非常に穏やかな性格をしており、組織の人間からの評判は決して悪くはない。

秘密の多い怪しい人間ではあるが、最低限人の上に立つカリスマ的要素は持っているようだ。

よって――この部隊の中では、基本的に雇い主の事を『ボス』と呼んでいる。

『あちゃー！　まずいネ、ちょっと夕べ忙しかったから』

時計を見るような間が空いたかと思うと、電話の向こうから困ったようなボスの声が聞こえて来た。

「困りましたねえ」

潤が何の解決にもならない言葉を返すと、後ろから張《チャン》が携帯電話を摘《つか》み取った。

「おいコラ、ボス」

突然変わった野太《のぶと》い声に、電話口の奥に居る男が言葉を詰まらせる。

『ッ！……ふぁい、もふぃもふぃ』

「今更眠《ねむ》いフリすんじゃねえよ、ボス」

『誰だネ、君は！　私は流しのギター弾き安藤《あんどう》バンデラス。人違いです』

「黙れ」

相手が静まり返ったのを確認すると、張は静かに言葉を紡《つむ》ぎだす。

「ボス……後10分で西区画の連中がお見えになられやがるってのに、どうしてボスはそうも落ち着いてられるんですかねぇ」

張は上司《じょうし》である潤にも全く敬語を使わないが、どうやらそれは雇い主に対しても同じようだ。

『後10分で来るのかネ？　うーん、じゃあ、あと15分は寝てられるネ』

「こらボス。そりやちょっと計算がおかしいだろ」

こめかみをひくつかせながらも、張《チャン》はなおも冷静に対応しようとする。既《すで》に言葉遣《づか》いは冷静ではなくなっているのだが、胆力《たんりょく》を振り絞《しぼ》って自分の怒りと向き合っているのが解《わか》る。

『大丈夫だと思うヨ。イーリーは30分ぐらいまでなら待ってくれると――――』

「いいからとっとと来ねえとぶち殺してハラワタぁ油で煮詰めるぞこの腐《くさ》れボス」

『……今すぐ向かわせていただくとしようかナ』


5分後――その男は、両脇《わき》に二人の美女を伴ってやって来た。

褐色《かっしょく》の肌《はだ》だが顔だちは日本人に近く、目の雰囲気を見るにコーカソイド（白人）系の血も混じっているように思える。

年齢《ねんれい》はおおよそ20から30の間ぐらいに思えるが、無国籍な顔が年齢を簡単に判断してよいものか迷わせる。

「や、君達、どうもありがとうネ。また今晩楽しもうじゃないかネ?」

そう言って、ボスは二人の美女に別れを告げる。プライベートでいつもボスと一緒にいる白人系と東南アジア系の二人で、にこやかに笑いながら護衛部隊の面々《めんめん》にも手を振って見せた。

カルロスが調子のいい笑顔で手を振り返しているが――その横で、潤《じゅん》は複雑な思いで彼女達を見送っていた。

一見すると仕事先まで女を連れ込むだらしない光景にしか見えないが——彼女は前々から気付いていた。ボスが自分達のもとに引き渡されるその瞬間まで、彼女達は笑顔を見せながらも鋭い眼光で周囲に警戒《けいかい》を払っていた。

恐らく彼女達は——自分達のような護衛の下に辿《たど》り着くまでの護衛であり——『弾《たま》よけ』なのだろう。ボスの口からはそんな事は一度も聞かされた事は無いが、潤だけではない、護衛部隊の誰もが——陽気に手を振っているカルロスでさえ、彼女達の役割に気が付いているのだ。

つまり、誰もが気付いているのならば、今更言う必要も聞く必要も無いという事になる。

迷いの無い足取りで事務所の前から去っていく女達を見る度に、潤はこの『島』がどういう場所なのか、そして自分の踏み込んでいる場所がどれだけ危険なのかを思い知らされる。

それでも、彼女はこの世界から逃げ出す気は無かった。

生き方の不器用な自分に、他《ほか》の生き方があるのかどうかは解《わか》らない。

潤は今の護衛部隊以上に、自分が溶け込める職場が思いつかなかった。

彼女の願いはたった一つ。

この『島』に留《とど》まり続け——

『島』の行く末を、ただ静かに見守り続ける事。

たったそれだけの事の為に——彼女は今日も、暗がりに足を踏み入れる。

△
▼

10年前
砂原潤《さはらじゅん》が初めてこの島に来たのは、まだ8歳《さい》の時だ。

まだ『島』の土台が完成したばかりで、これから様々なビルや地下施設が造られていくという状態だった。

彼女の父はこの『島』の中心部——潮の満ち引きに合わせて、巨大な浮島全体の高さを調節する、当時の技術の結晶であり、この島の心臓部でもある部分の現場主任であった。

妻《つま》を早くに亡くした為に、男手一つで潤を育ててきたのだが——その日は娘《むすめ》が自分の仕事場を見たいと言い出したので、きちんと許可を貰《もら》って特別に仕事現場に連れて来ていたのだ。

潤は幼少の頃から変わった性癖《せいへき》のある子供で、エンジンやモーターの音を聞くと、静かな安らぎを覚えたり、あるいは強い高揚を覚えるという事があった。

父親は『お前の母さんはトラックの上で産気づいたからな、それでだろ』と、自分勝手な解釈で一人で納得していたが——彼女も次第に、それでいいと思うようになっていた。

ただ——潤を連れまわしていた父親の仕事の関係上、彼女の周りには大小含めて様々なエンジンやモーター音が溢《あふ》れかえっていた。それが原因で、幼い彼女の心理になんらかの影響を与えたのかもしれないが、今となっては確認する方法も無いし、彼女自身もどうでもいいことだと考えているようだ。

様々な轟音《ごうおん》を子守唄《うた》代わりにしていた彼女にとって、その音を操る父親は尊敬すべき存在であり――とても安心できる存在だった。

父の指示の元で、様々なエンジンが演奏を開始し、道路や建物など、幼い少女にとっての『世界』を次々と作り出していく。

それを見ることが彼女にとっては楽しくて、その日は自分から無理を言って現場について行ったのだが――周囲を取り囲むエンジンの音があまりにも気持ちよくて、彼女はそのままトラックの荷台で眠《ねむ》りの世界に落ちていってしまった。

彼女が現実世界に引き戻されたのは――エンジンの音が止まったからだ。

――どうしたんだろう。

小さな疑問と共に目を覚ました彼女は、急激に不安な気持ちに囚《とら》われていった。

島中に鳴り響いていた筈《はず》のエンジン音――作業車両や電動工具のモーター音。つい先刻まで島の中を我がもの顔で闊歩《かっぽ》していた爆音の数々が、まるで世界の中から完全に消えてしまったように沈黙してしまっている。

その代わりに聞こえてきたのは、工事現場の人々が叫ぶような声。

危険を感じさせるような叫びではないが、何か大変な事が起こっているという事は嫌《いや》というほど理解できる。

——お父さん、お父さんはどこ？　どうしてエンジンが止まっちゃったの？

少女にとって、全《すべ》てのエンジンを操っているのは父親だという幻想があった。だからこそ——エンジンの音が聞こえなくなった瞬間、彼女に強い不安が襲い掛かったのだ。

「お父さん……」

泣きそうな顔になってトラックの周囲を見渡すが、父親の姿はどこにも見当たらない。

ただ、工事現場の人達が一つの場所に注目している事は理解できた。

地下部分に車を入れる為の搬入口《はんにゅうぐち》が、地上の一角で大きく口を開いている。作業員達の誰もがその穴を不安そうに見つめ、何人かは大声を出しながらその穴の中に向かって走りこんでいった。

「お父さぁん」

半分泣きながら、彼女はその穴に向かって走り出した。

きっとあの場所に父親がいるのだと思いながら。

そして、静まり返った周囲の雰囲気に、ひたすら嫌《いや》な予感を感じながら——

地下部分にはハロゲンランプの強烈な明かりが灯《とも》り、所々につるされた裸電球と共にコンクリートの壁をオレンジ色に照らしている。

止めようとする作業員達の手を潜《くぐ》り抜け、少女はただ、人々の叫びやざわめきの中心部へと向かって走り続けた。その内に狭《せま》かった視界が開け、地下の中でも一際広いスペースに辿《たど》り着いた。

そして、彼女がそこで見たものは——

目測できる程の速度で鈍い振動を続ける、視界を覆《おお》いつくすかのような巨大なエンジン。

後に聞いた話では、浮沈《ふちん》などを含めたこの『島』全体を動かす際に使用する動力部分で、エンジンとは呼ばれていないのだが——そんな事は彼女にとってはわかる筈《はず》もなく、ただ、目の前にあるものの大きさに心を呑《の》まれてしまっていた。

次の瞬間——彼女は誰かに抱《だ》きすくめられる。見たことの無い大人《おとな》だが、作業員達の中でただ一人だけ背広を着ている、その場に似つかわしくない人物だった。

「こんな所にいると危《あぶ》ないよ、さあ、こっちへ……」

震える声でそう告げるその男に、彼女もまた、震える声で問いかける。

「……お父さん……お父さん……は……？」

その瞬間、巨大なエンジンがガクンと揺れた。

潤《じゅん》は思わずエンジンの方を見るが、その目を背広の男の掌《てのひら》が覆《おお》う。

そう言って、その男は潤を抱《かか》えたまま地上へと向かって走り出す。

「見ちゃだめだ！」

だが——彼女は見てしまっていた。

走る男の腕の中で、彼女は自分の瞳に焼きついた物を思い出していた。

巨大なエンジンで、音がした辺りに転がっていた、父親のヘルメット。

そして——そのヘルメットの上に吹き付けられたような、赤い赤い、嫌《いや》な色。


——ああ、そうか。

彼女がそう思ったのはいつからだっただろうか。

——あの大きなエンジンは、きっとお父さんが動かしているんだ。

ヘルメットを見た瞬間からだったかもしれないし、父親の死を明確に知らされてからかもしれない。もしかしたら——つい最近の事かもしれない。

——お父さんは、大好きなエンジンと一緒になったんだ。だから、エンジンとずっと一緒になったんだ。

それが下らない妄想《もうそう》だという事は、彼女も理解していた。

ただ——そうだとでも思わなければ、あの巨大なエンジンの中に、自分の心まで呑《の》み込まれてしまいそうな気がして――

1年後――彼女は再び『島』を訪れた。
彼女を引き取れるような親戚《しんせき》もおらず、施設を転々としながら暮らしてきた。
だが、この島の工事が中断されたというニュースを聞いた後――気が付くと彼女は立ち入り禁止の柵《さく》を乗り越え、長い長い橋を歩き――島の中心部で、何をするでもなく青い空を眺めていた。
どんなに待っていても、もうエンジンの音は聞こえない。
巨大なエンジンの――父親のもとに向かう為の地下通路は、入り口が厳重に封鎖《ふうさ》されてしまっており、子供の力ではどうする事もできなかった。
どこまでも青い空の下――自分の他《ほか》にもこの島に入り込んでいる人間がいたようで、所々で人が歩いているのが見える。だが、彼女は彼らに近づこうとはしなかった。誰かに近づいたところで、結局この島にエンジンの音が戻ってくる事は無いのだろうという事が解《わか》っていたから。
だからこそ――彼女は歩き出した。自分の力でエンジンをかける為に。この島に、あの時のような音を取り戻す為に。
――お父さんは、この『島』ができ上がるのを楽しみにしてた。がんばってた。凄《すご》く凄くがんばってた。だから——この『島』の音を止めたらいけないの。なんとしても、もう一度、もう一度——

それが無駄《むだ》なあがきだという事は解《わか》っている。だが、少女はどういう答えであれ、自分自身に納得のいく答えを探すために——ただひたすら、行動を続けることにした。

自分でも動かせるエンジンは無いだろうか。

足を棒にしながら夕方まで歩き回ったところで——彼女はついにエンジンを発見した。

それは、工事現場の隅に置き忘れられた——

——刃《やいば》の部分が錆《さ》びかけた、一台のチェーンソーだった。

刃——チェーンの部分に触れないように気を付けながら、なんとかこの回転鋸《のこぎり》を始動させられないかと、苦戦する事数分。

どこを押しても引いても始動しないので、もしかしたら燃料が切れているのかと思い蓋《ふた》を開けてみると、燃料タンクの中からは一滴の燃料も残ってはいなかった。

それでも少女はあきらめきれず、何度も何度も色々なボタンを押してみる。

執念《しゅうねん》が実り、安全バーを下ろしながらアクセルスロットルを引いた瞬間——

バルルルルルルル

前の使用者は燃料を最後まで使い切らなかったのだろう。エンジンを制御《せいぎょ》するためのキャブレター部分に残っていた燃料に奇跡《きせき》的に火が灯《とも》り——彼女を中心として、周囲に小さなエンジン音が響き渡った。

——やった！

それが何の意味を成さないという事を理解しつつも、少女にとってはこの島にエンジンの音が戻ってきた事が何よりうれしかった。

そのまま何をするわけでもなく、彼女はひたすらそのエンジン音を体に染《し》み込ませ続けた。

だが、内部に残っていた燃料もすぐに使いきり、エンジンの音が次第に小さくなり、今にも消えそうになってしまった。

「あ……」

潤《じゅん》はとっさに手を伸ばすが——その手が、何者かによってガシリと摑《つか》まれてしまう。

「やあぁッ!?」

悲鳴をあげて振り払おうとすると、自分の頭上から優しい声が響いてきた。

「大丈夫かネ。これは子供の玩具《おもちゃ》と違うと思うヨ」

そういうと、目の前の国籍不明の青年がニッコリと微笑《ほほえ》んだ。

邪気《じゃき》の無い笑顔に、潤は悲鳴を上げるのをやめて大人《おとな》しくなる。

チェーンソーの刃《やいば》の速さは一番遅い設定になっており、空回りするチェーン状の刃が行き場を求めて振動を続ける。潤《じゅん》が手を伸ばした時よりも更に回転は遅くなっており、地面にでも刃を押し付ければそれだけで完全に停止してしまいそうだ。

だが、その振動も徐々に徐々に弱まり始め——

最後に一回だけ大きな唸《うな》りを上げると、そのまま回転を止めてしまう。

それはまるで、死に際の人間が必死になって足掻《あが》いているかのようにも見えた。

エンジンが完全に止まるのを確認すると、青年はそっと潤の手を離す。

「ヤー、エンジンの音がしたから、何かと思って来てしまいましたネ。でも、チェーンソーと戯《たわむ》れる子供見て、私はちょっとワクワクしてしまいましたヨ」

妙な訛《なま》りの日本語《にほん》で楽しそうに語る青年を見て、潤はゆっくりと言葉を紡《つむ》ぎだした。

「あの……こんなところで、何をしてるんですか？」

明らかに怪しい青年だったが、もしかしたら工事関係者で、この島の工事を再開しようとしているのかもしれない。そんな希望にすがりながら、彼女は真剣なまなざしを相手に向ける。

「私ですかネ？　そうですネぇ、私は——」

青年は暫《しばら》く考えると、彼女の足元にあるチェーンソーを見て、ウインクしながら彼女に答えを返してみせる。

そしてそれは——小さな少女が、最も望む答えだった。

「この島のエンジンをネ、また動かしに来たんですヨ」

第2章
『東の暇人、西の魔女』

東区画――テーマパーク内ホテル、地下カジノ

そこは、楽園だった。

東京などに住んでいる人間から見れば、そこまでの感想は抱《いだ》かないであろう。

だが、この『島』の中に住む住人ならば、この体育館程の広さの場所が、如何《いか》に異質であるか一目でわかることだろう。

まず、どの壁にも落書きやひび割れの類《たぐい》が存在しておらず、豪華《ごうか》な壁には浮き彫りの装飾が無傷のまま施されている。赤を基調とした絨毯《じゅうたん》が敷かれた床にはゴミが一つも落ちておらず、常に新品のような状態で訪れる者の靴を迎え入れる。

たったそれだけの事でも、この『島』の中では驚愕《きょうがく》に値する事だというのに――この場所には、普通に生きているだけでは見る事のできないような設備が備わっていた。

広大なホールの中央、シャンデリアの下にはラスベガスさながらの本格的なルーレット台が

置かれ、その奥には様々な種類のスロットマシーンが所狭しと並んでいる。バカラやブラックジャック専用の台も用意され、クラップス等のサイコロを使用したギャンブルのコーナーまで設置されている。四方にある壁面の一つはバーカウンターに占領され、棚には数百種類の酒瓶《さかびん》が鮮《あざ》やかに並べ立てられている。

汚《よご》れきったこの『島』の中で、まるでこの場所だけが別次元に存在しているような、そんな雰囲気だった。

ただ、違和感があるとすれば——これ程の設備を整えたカジノでありながら、中には十人程の人数しか存在していないという点だろう。

「いやいや、改装したばかりでしてネ。リニューアルオープンは明後日《あさって》ですヨ」

バカラに使用する半円上のテーブルに座りながら、無国籍風の男が対面の女性に声をかける。

「それはおめでとう。ますますの利益をお祈りします」

個性的なチャイナドレスを纏《まと》った女性は、これは社交辞令だと言わんばかりに、表情を欠片《かけら》も和《やわ》らげる事なく祝辞を述べた。

カウンターの方からディーラー風の衣装に身を包んだ女性がやってきて、テーブルの上に人数分のカクテルを置いて去っていく。表面上は平静を装っているが、この『島』を仕切る幹部達を前に、彼女は掌《てのひら》の汗がグラスに付かないように気を使うので精一杯だった。

「本土の客とくらべて、この島のお客さんは金払いが悪いんですが……ま、ここに来る利点があるとすれば――ガサ入れが絶対に無いという事ぐらいですしネ」

ケラケラと笑う男の後ろでは、前髪を隠した少女が背筋を伸ばして立っている。表情は怯《おび》えた子犬のようだが、髪に隠れた目線はチャイナドレスの女性と――その背後に立つ四人組の黒服たちから目を離さない。

「それで――今日はなんと呼ぶべき？」

「ああ、これは失礼！　自己紹介が遅れましたネ。今の私の名前は――シャルド・グランドール・ラッツフェンド・ゾルバ・ギータルリン・アルフレッド・サンタマリア・レッドラム・正《まさ》宗《むね》。好きなようにお呼び下さって結構ですヨ」

――ふ、増えてる？

潤《じゅん》は心の中で自信の無い突っ込みを入れるが、チャイナドレスの女性――西区画の幹部であるイーリーは、慣れたものだと言わんばかりに即答する。

「ではギータルリン」

会う度に名前が変わる男に対して、彼女は静かにその単語を選択する。『ギータルリン』は彼が毎回必ず名前に入れるフレーズで、恐らくは本名の一部だろうと護衛部隊の中で噂《うわさ》されている。

「またそれですかネ？　たまには違う呼び名で囁《ささや》き合って親交を深めましょうヨ」

ギータルリンは笑いながら提案するが、イーリーは氷のような表情を崩さない。

「無駄《むだ》な会話に時間を浪費《ろうひ》したく無い」

彼女は西区画の組織の長である嬰大人《エイターレン》の娘《むすめ》であり、イギリス人の母を持つ中英ハーフらしい。

まだ若いものの、西区画の幹部の中ではかなり力を持っており、その影響力は他《ほか》の区画の中にまで深く浸透している大物だ。

「ただでさえ――貴方《あなた》の遅刻で私達は無駄な時を待たされた」

厳しい目つきの女性を前に、ギータルリンは悪びれる事無く言葉を返す。

「いやいや、悠久《ゆうきゅう》の時を生きる貴方ダ。時間に対してはそれほど怒っていないでしょう?」

「確かに。私が怒っているのは、貴方のそのいい加減な態度」

余計な語尾などを付けずに必要最低限の単語だけを淡々と並べ立てるイーリー。話し方からしてギータルリンとは全く噛《か》み合っていないのが現状だ。

「あぁ……これは失礼、以後、気を付けますヨ」

その後、島内の流通に関する簡単な情報交換等が行われ――いつもならばそこで会談が終わるという段階にまでいったのだが――

ギータルリンが不意に笑いを止め、真剣な顔つきになって呟《つぶや》いた。

「で、今日は何の用件で?」

「――」

「わざわざ定例日をずらしたのは、何か緊急の課題があるのでは？」

イーリーは暫《しばら》く沈黙していたが、彼女が静かに右手を上げると、背後に控える四人組が一礼をして背を向ける。そして、そのまま店の奥にあるカウンターの方に向かって歩き出した。

ここからカウンターまでの距離は30メートル程ある。客の喧騒《けんそう》こそ無いものの、カジノ内にはアップテンポの音楽が流れているので、よほど大声で話さない限りカウンターまで会話の内容は届かないだろう。

「潤《じゅん》ちゃん」

「……え？　は、はい」

「人払いがお望みみたいですから、ちょっとカウンターで美咲《みさき》ちゃんとでも話しててヨ」

「あ、は、はい！」

そう言われて、潤もイーリーに対してペコリと頭を下げる。お辞儀《じぎ》をした際に、背中に付けた二つの黒いバッグが顔を覗《のぞ》かせる。

そのままバーカウンターへと去っていく彼女を見送りながら、イーリーはどこか呆《あき》れたように呟いた。

「……まだあの子が護衛チームのリーダーなの？」

人払いの前に比べ、随分とやわらかくなった物腰で言葉を紡《つむ》ぐイーリー。

それに対し、ギータルリンは何も変わらぬ調子で答える。

「そ。もう2年連続。凄《すご》いでしょう」

東区画のトップの言葉を聴いて、イーリーはカウンターに向かう潤《じゅん》の背をもう一度だけ見つめ、訝《いぶか》しげな表情でギータルリンの方に視線を戻す。

「中に連れてくるのも一人だけなんて――よほどあの娘《むすめ》に自信があるのね」

カジノの中にいる東区画の人間は、ギータルリンと潤、そして今日の会合に借り出されたカジノの従業員三人の五人だけである。残りの護衛部隊はカジノの出入口やテーマパーク園内の出入口を中心に配置されている。

潤が完全に離れたのを確認すると、ギータルリンは悪戯小僧《いたずらこぞう》のような目をして、小声でイーリーに尋ねかける。

「――今なら、私の事を殺せそうだと思うカイ？」

突然の言葉に、イーリーは一瞬目を丸くして――次の瞬間、カジノに入ってから初めて、その口元に柔《やわ》らかい笑いを浮かべて見せた。

「まさか、冗談《じょうだん》でもやらないわよ。せっかくの均衡状態を壊《こわ》す程、私達は馬鹿《ばか》じゃない」

だが――次の一言で、その笑いは即座に消え去る事となる。

「君の方の護衛の一人だけどサ、新入り？　殺気が隠しきれてなかったヨ？」

「……」

「半年前に北と南が潰《つぶ》れた今、君のお父さんにとって邪魔者《じゃまもの》はうちの組織だけだからネ。それに——均衡を崩すと言っても、東区画は私が消えれば後は烏合《うごう》の衆だと思っているんじゃないかネ？　君のお父上は特に」

その言葉を最後に、二人はわずかの間だけ沈黙する。

両者の間にはカジノの音楽だけが流れ、恋人同士のようにお互いの視線を絡《から》めあう。

互いに探り合うような目。ギータルリンも口調では余裕《よゆう》を見せているものの、目つきだけは真剣そのものだ。

静寂《せいじゃく》を最初にうち破ったのは、イーリーの方だった。

諦念《ていねん》を含んだため息をつくと、姿勢を崩して両肘《ひじ》をテーブルに立て、両手の指を顔の前で艶《なま》めかしく絡ませる。

「相変わらず、勘《かん》の鋭い男」

「それだけが取り柄《え》だからサ」

自ら両手を塞《ふさ》ぐイーリーの仕草《しぐさ》を見て、ギータルリンも安心したように息をつく。

「しかし凄いネ、君のお父さんて。実の娘をテッポーダマにするなんてサ」

心底感服したといった表情で、この場に居ない人物を賞賛する。無論、その賞賛にはたっぷりと皮肉がこめられているが。

イーリーはそれに対して、言い訳するように言葉を紡《つむ》ぐ。

「別に貴方《あなた》を殺すのが目的で来たわけじゃない。隙《すき》あらば殺せ、そう言われただけ。この場合

の隙《すき》は、貴方《あなた》を殺した後で私が生きて帰れる隙という事。だから、今日は諦《あきら》めておくわ……貴方を殺しても、逃げるのは無理——そういう布陣を敷いてるもの」

「偶然ですヨ。フムウ……もっと腕の立つ人間が居れば話は別かナ？　例えば——半年前に居なくなった、君の恋人でもある暗殺者とか、ネ」

刹那《せつな》、イーリーの目がナイフの切っ先のように細くなる。

「鉄砲玉《てっぽうだま》も感情次第で暴発する。私が無感情な機械人形だとでも思っているか？」

「やだな、感情があるってわかってるからこそ、逆撫《さかな》でてるんじゃないですカ」

クックと笑いながら、ギータルリンは挑発的な言葉を続けてみせる。

相手の殺意の有無に一喜《いっき》一憂《いちゆう》したと思えば、今度は相手から殺意を引き出すような行動をする。先の読めない動きで、相手にある種の揺さぶりをかけているのだろう。

「動物を撫でる時、毛を逆撫でるのが一番気持ちいいんだヨ。撫でてる方はネ」

「龍《りゅう》の肌《はだ》を逆撫でれば全《すべ》てが逆鱗《げきりん》になる。何故《なぜ》気付かない？」

独立した生き物のように絡《から》み合うイーリーの指がピタリと動きを止め、彼女の瞳に露骨《ろこつ》な殺意が籠《こも》り始める。

それを感じ取ると、ギータルリンがテーブルの端《はし》を人差し指でトン、と叩《たた》く。

刹那——風を切るような音が聞こえたかと思うと、ギータルリンの眼前にあるカクテルのグラス、その縁《ふち》からはみ出したチェリーの茎が、風切音《かざきり》と共に消滅した。

一部始終を見つめ、まるで予測していたと言わんばかりに綺麗《きれい》に殺気を収めるイーリー。彼女は相手に何か意図があると予測し、わざと殺気を放って見せたのだ。

「人払いはブラフ？」

「会話は聞こえてないから問題ないでショ？」

「……腕のいい狙撃手《そげきしゅ》がいるようで何よりね。それで、私を撃たせてみる？」

「まさか。それこそ理由がありません。貴方《あなた》を殺したところで、西区画は何一つ変わりません。例え貴方の御父上を殺したとしても変わらないでしょう。私は西区画をそういうところだと認識しています。——今のは脅《おど》しではありません。ただ、私を殺すには骨が折れる、という事を言おうとしただけですヨ。……知っているでしょう？　私達東区画はケンカが苦手なんです。ですから——身を守ることだけで精一杯なんですヨ」

ギータルリンは言い訳がましく言葉を並べ立てながら、心中ではイーリーを賞賛していた。

——今の状況で眉《まゆ》一つ動かさないとは。もしかしたら御父上よりも胆《きも》が据《す》わっているかもしれませんネエ。敵には回さないようにしましょうっト。

そんな事を考えながら、ギータルリンはカクテルのグラスに手を伸ばす。

「ま、世間話はこの辺にしておきましょうかネ」

「そうね」

殺伐《さつばつ》極まりない世間話。この二人の会合は毎回この調子であり、互いの腹を探る暇があればそのまま心臓をえぐり出す。そんな空気が二人の間に渦巻《うず》いているが、彼らにとってみればほんの息抜きのようなものなのだろう。

物騒《ぶっそう》な社交辞令《じれい》を終えると、彼らはいよいよ本題に入る。定められた時期を外した臨時の会合——こんな形で話すのは、大抵島全体に関わる何かが起こっているという事に他《ほか》ならない。

そして、現在この街で起こっている異常な事態というのは——

「さて……まあ、何を話に来たのかは解《わか》ってますがネ。……こっちは五人ですヨ。そちらは？」

「八人。葛原《くずはら》が島から離れた途端《とたん》、立て続けにやられたわ」

「うちの幹部連中には、貴方達の事を疑ってる人が多くて困りますヨ」

「お互い様ね。嬰大人《エイターレン》も東区画を疑ってるわ」

彼らが話しているのは——自分の組織の中で、この一ヶ月に殺され、尚且《なおか》つ犯人の目星《めぼし》が付かない人数だ。

それも、ただ殺されただけではなく——銃《じゅう》で殺された者だけをピックアップした数字だ。

「しかし、こうしてみると葛原さんの影響力ってのは凄《すご》いネ。うちの護衛部隊にスカウトしたいぐらいですヨ」

「手放すつもりはないし、彼も西区画を移動する気は無いと思うわ」

葛原というのは西区画の自警《じけい》団長であり、子供達の間で『この島の中で一番強いのは誰か？』という話題になったときに、必ずと言っていいほど名前が挙がる男だ。他には地下プロレスのチャンピオンであるグレイテスト張《チャン》や、半年前まで最下層を仕切っていた戌井隼人《いぬいはやと》（現在は島から離れている）、生ける都市伝説ジョップリン、島内最悪最狂の殺人鬼である雨霧八雲《あまぎりやくも》、あとは——何故《なぜ》か東区画のラーメン屋の名前等が話題に上る。

西区画の自警団《じけいだん》は実質的に葛原《くずはら》の双肩《そうけん》に全《すべ》てがかかっていると言っても過言ではなく、拳銃《けんじゅう》を持ったチンピラを素手でなぎ倒すさまは芸術と言っても良いレベルだ。

「故郷で墓参りがしたいっていうから、２週間だけ島を出た。それを狙《ねら》ったように——私達の組織の構成員ばかり狙われた」

「ここじゃあ銃《じゅう》を持つ連中は珍しくないけど——確かに最近増えたね。しかも、我々の組織の面子《メンツ》を狙った連続殺人が起こってるんじゃや、黙って見過ごすわけにもいかないかネ」

困ったように首を振るギータルリンに対して、イーリーは淡々と言葉を紡《つむ》ぎだす。

「原因に、心当たりがあるわ。あくまで原因の一つに過ぎないけれど——」

「ほう？」

イーリーは意味ありげに目を伏せると、一呼吸を置いてから結論を述べる。

「——金島銀河《かなしまぎんが》。それが、この街に私達の管理外の銃をばら撒《ま》いてる奴《やつ》の名前」

金島銀河。

自分の名前を棚に上げて、ギータルリンは突然出てきた奇妙な名前に首をかしげた。

「……誰です？　変わった名前の人ですネ」

「半年前、葛原に捕まったチンピラが、私達の管理外の銃を持っていたの。締め上げたら簡単に吐《は》いたわ」

そしてイーリーは、金島銀河に関する簡単なプロフィールのようなものを語り始める。

金島銀河。28歳《さい》。4年前まで島に住んでおり、こちらで仕入れた拳銃等の武器を本土に横流ししていた男。

ところが——ある時を境に、銀河はこの島から姿を消す。

正確には、この島に身を潜《ひそ》めながら、自分の存在感だけを消し去ろうとしたのだ。

西区画の仕切る正式な銃器《じゅうき》流通のルートに名を出す事は無くなり、イーリー達も本土でヘマをやらかしたか、あるいは誰かに消されたか——そう判断し、特に気にも止めてはいなかった。

「だが、彼はこの島にいたト？」

「取引は完全に偽名《ぎめい》でやっていたみたいだけど、葛原が捕まえたその男——本土で金島の顔を見た事があったの」

「それで、事が露見《ろけん》した——フウン？　しかし妙な話ですネ？　どうしてこの島で商売をする必要があったのか？　貴方《あなた》達西区画から買った銃を本土で捌《さば》いた方が、利益としては遥《はる》かに旨《うま》みのある話だと思いますがネ」

ギータルリンの放った当然の疑問に、イーリーは静かに微笑《ほほえ》んで見せる。金島《かなしま》に対する興味と嘲笑《ちょうしょう》が入り混じった、見る者の心胆《しんたん》を寒くさせる氷の笑み。

「——復讐《ふくしゅう》」

「ハイ?」

「——いえ、まだ確信の持てない話だから、忘れてちょうだい」

「フウン……」

どこか釈然《しゃくぜん》としない様子だったが、ギータルリンは静かに納得する。イーリーは推測の段階の事を会合で持ち出すような真似《まね》はしない女だ。逆に言えば、今回の連続銃撃《じゅうげき》事件に金島という男が関わっているのは余程の確信があるという事なのだろう。

「まあ、銃《じゅう》をばら撒《ま》いてるそいつを捕まえれば解《わか》る事ですが——問題は、その銃を使って、我々の身内を狙《ねら》ってる連中が誰かという事ですよネ? ——連中と言っても、単独犯かもしれませんけど」

組織の人間が連続で銃撃されているのだが、目撃者の類《たぐい》は一切現れない。そもそも正式な警察組織が無いこの『島』だ。住民の殆《ほと》どは関わり合いを嫌って積極的に通報する事はないのだが——それでも、疑問は残る。

撃たれた人間は皆、一人になったところを狙われている。最初の銃撃が起こってからは、なるべく単独行動を避け、幹部はなるべく護衛をつけるように通達もしてある。

それでも——犯人、あるいは犯人達は、対象が一人になる僅《わず》かな隙間《すきま》を見つけて凶弾《きょうだん》を放つ。まるで島中に監視カメラを置いて、組織の人間達の行動を逐一《ちくいち》監視しているかのように——

殺害現場も時間もてんでバラバラで、犯人が単独犯だとすると行動パターンが全く読めなくなってしまう。複数犯だとしても、どうやってターゲットを絞《しぼ》り込んでいるのか——中には偶発的に一人なったところを撃たれている人間も居るのだ。やはり全《すべ》ての人間の動きを同時に把《は》握《あく》して、一人になった瞬間に瞬間移動でもしてその男の前に現れる魔術師のような敵——そうとしか形容する事ができない。

「もしくは一人一殺《いっさつ》を旨《むね》として、組織の人間全員を狙っているのか……いやでも、それ程の大組織なら、この島に入り込んだのがわからない筈《はず》がないですかネ」

自問自答を繰り返しながら、ギータルリンは顔から静かに笑いを消していく。

「仮にそういう大組織が敵だとしたら、それはそれで厄介《やっかい》ですけどネ」

「関係ないわ」

ギータルリンとは裏腹《うらはら》に、イーリーの表情には鋭い笑いが浮かんでいる。

「大組織だろうが国家だろうが——例え米軍が相手だとしても、そいつらは私達を嘗《な》めた。その事実だけはどこまでも真実。だとすれば——こっちは最後の一人になってもそいつらの肉の一片まで磨《す》り潰《つぶ》して、自分という存在を後悔させる——それだけのことよ」

彼女の言葉に安心したのか、ギータルリンは静かに目を閉じ、その表情に軽いノリの笑みを取り戻す。

「大変結構。では、今後の対策について話し合いましょうかネ」

△
▼

「酷《ひど》いよ潤《じゅん》ー！　どど、どうして昨日《きのう》電話した時に教えてくれなかったの！」

人払いをされた先――カジノの片隅にあるバーカウンター。

カクテルを運んでいたディーラー姿の娘《むすめ》が、端《はし》の席に座っている潤に不平を漏《も》らしていた。

「あんな偉い人が来るなんて聞いてないよ！　リニューアルオープンは明後日《あさって》なのにどうして急に呼ばれたんだろうと思ってたら……もう、お酒をこぼしたりしたら殺されるかと思ったんだよ!?　ここ最近なんの事件にも巻き込まれなかったから、いよいよ私にも運が向いてきたんだと思ってたのに！　ああもう、やっぱり私は神様に見放されてるんだ……」

「ご、ごめん、美咲《みさき》……」

ディーラーに詰め寄られ、潤は考える前に反射的に謝ってしまう。彼女も今日が会合の日だとはすっかり忘れており、だからこそ夕べは夜遅くまで親友との電話にふけっていたのだ。

そして現在、彼女はその電話の相手に責められている。

彼女の名前は八十島《やそじま》美咲。３年前からこの東区画で働いているカジノガールだ。

運命的に貧乏くじを引く性分《しょうぶん》のようで、この島で働く羽目《はめ》になったのも、家族が本土の地下カジノで大負けして、借金のカタにこの東区画の人間に売られて来たのだという。

「私もすっかり忘れてて……ごめんなさい……」

今にも泣き出しそうな表情で、カタカタと震えながら謝る潤。とてもその背中に二台のチェーンソーを背負っているとは思えない。

彼女はエンジンの音と共に安らぎや高揚を覚えるタイプであり、近くにエンジン音の無いときはたとえ子供に対してでも弱気になってしまう傾向がある。

その代わりに、チェーンソーを握った彼女は人が変わったようにハイテンションになるので、彼女の変貌《へんぼう》ぶりを見た人間は、まず八割方多重人格なのではと疑う程だ。

目の開かない子犬のように震える潤を見て、美咲はそれ以上怒る気を無くしたようだ。

「それにしても――やっぱり例のあれなの？　組織の人達が何人も殺されてるっていう――」

話を切り替えてきた美咲に対し、潤は「たぶん……」と言いながら頷《うなず》いた。

「ふうん……怖いね。潤も気を付けなきゃだめだよ？」

潤が護衛部隊に所属している事や、チェーンソーを握ったときの彼女を、美咲も知らないわけではない。だが――今のこの弱気な潤を見ていると、どうしても自分の身以上に心配になってしまうのだろう。

それは美咲《みさき》に限らず、潤《じゅん》が護衛隊長——いや、護衛隊員だということを聞いただけでも、まず九割の人間は信じない。

普段の彼女の姿は護衛というよりも——どちらかというと、人に『誰かが護ってあげなくては危《あぶ》なっかしくてしょうがない』という印象を与える事しかできなかった。

△
▼

そしてそれは、西区画の女性幹部にしても同様だった。

イーリーも自分が幹部だと告げると露骨《ろこつ》な疑いの目を向けられる事が殆《ほとん》どだったが（無論、疑った相手には死ぬほど後悔させているが）——

同じような経験を持つ彼女から見ても、砂原《さはら》潤というのはやはり特異な存在だったのだ。


「それにしても——」

今後の方針を固めていたところで、イーリーがその疑問を口に出した。

「貴方《あなた》の御自慢の護衛、本当にあの娘《むすめ》は頼りになるの？」

「まだ疑ってますカ!?　もう、イーリーさん本当に疑《うたぐ》り深い人ですネ!?　私、そろそろプンスカのプンですョ?」

口元では怒ってみせるが、ギータルリンの顔は完全に笑っている。

「彼女はああ見えても護衛部隊の隊長ですョ?」

「でも、ジャンケンで決めるんでしょう?」

無論、そんな事はイーリーも信じてはいなかったのだが、皮肉を込めてポスターの内容を持ち出した。

ところが――

「ええ、そうです。ジャンケンです。月に一度のジャンケン大会で、彼女はもう2年も優勝し続けている」

「……」

「あの子は、ジャンケンで絶対負けない」

――まさか、本当にジャンケンで決めてるの?

その事実も俄《にわ》かには信じがたかったが――後に述べられた『2年間優勝し続けている』というのが心に引っかかった。

東区画の護衛部隊の人数は、イーリーが知っているだけでも十五人以上居る。どういう形式のルールかは知らないが、その人数を相手に二十四回も頂点に君臨し続けるなど――人間が、ジャンケンでそれだけ勝ち続ける事は可能なのだろうか?

「もちろん、運がいいってわけじゃありません。そして――それこそが、私が彼女を信頼している理由ですョ」

「？」

「彼女はね――ここだけの話、後出ししてるんですョ」

淡々とした告白だが、イーリーには相手の意図が掴《つか》めずに疑問の眼差《まなざ》しを向けている。

「誰にも気付かれないタイミングですが――相手が何を出すか手の形を決めた瞬間にネ、自分の手の形を変えてしまうんです。本当にコンマの差ですから、傍《はた》から見ている分には解《わか》りません。そうした瞬時の集中力の瞬発力、そして敵に対する観察眼。あの子のそういうところ、私は買っているんです。私も、彼女から直接打ち明けられるまでは全く気が付きませんでしたョ」

「……なんで打ち明ける必要があったのかしら？」

「――罪の意識に駆《か》られたんだそうで。でもね、そのときこう言ったんですよ。『私はこれからもこの手を使います。それが納得できないのであれば言ってください。次からは絶対にしませんから』って。後でばれるよりも、先に雇い主である私に許しをもらっておこうっていうんですョ？　公然と、ズルを認めろって」

その話を聞いて、イーリーはバーカウンターの方にゆっくりと目を向けた。カウンターの隅の席で、カジノガールに肩をパンパンと叩《たた》かれ、何かを慰《なぐさ》められている。

不思議そうな顔で潤《じゅん》を見つめるイーリーの横顔に、ギータルリンは優しい笑顔を浮かべながら呟《つぶや》いた。

「潤ちゃんはネ、君が思ってるよりもずっとずっとしたたかネ。少しだけずるいところもあるけど、根は素直でいい子だヨ。だから私は彼女を信頼できるんだよネ」

少しだけ誇《ほこ》らしげに胸を張りながら——東区画のボスは、西区画に対して自分の仲間を自慢《じまん》してみせる。

「そもそも——ジャンケンで決めるってのは、誰が部隊長になろうが関係無いからサ。どうでもいいんダ。誰が仕切っても問題は無い。——逆に言うと、うちの護衛部隊はそういう輩《やから》しか集めていないって事なんだからネ」

△
▼

同時刻——最下層
東区画のカジノが掃《は》き溜《だ》めの中の楽園ならば——掃き溜めの中の掃き溜めとも呼べるのが、ショッピングモール予定地の更に下に存在する『最下層』だ。
そこは、とにかく酷《ひど》い場所だった。

この『島』の悪い部分——本土のテレビや雑誌などに『現代の九龍城《クーロン》！　死と暴力が渦巻《うず》く無法地帯に潜入！』などという見出しで紹介されるような、危険で汚《よご》れたイメージ。人々が抱《いだ》く『危険』『汚《きたな》い』『無法者達の集まり』『犯罪者の巣窟《そうくつ》』『麻薬だらけ』『ロスよりも発砲事件が多く起きる』——等といった勝手なイメージを、殆《ほとん》どそのまま凝縮《ぎょうしゅく》したような場所だ。

地上部や地下部分の暮らしは、治安の悪い海外のスラム街よりも遥《はる》かに安全で、不法ながらも医者や食堂などの商売をしている者も数多く存在し、島の中だけで一つの経済体系が成り立っているのだ。

だが、この最下層だけは話が別だ。

ここはまさしく無法の巣窟。

空気、音、光、匂《にお》い。その全《すべ》てが人々に同じ印象を抱かせる。

——ろくでもない場所。

普通に生きている人間にとっては、そうとしか受け取りようのない場所だ。

だが——世の中には、この環境をこそ望んでいる人間も、確かに存在するのだ。

もしも『島』が完成していたのならば、今頃は広大な駐車場となっている筈《はず》だった区画。

ところどころで蛍光灯がチラチラと点滅を繰り返し、完全に消えている場所では裸電球やハロゲンランプが目に眩《まぶ》しい光を放射している。

ランプを使用するための自家発電機の音があちらこちらから聞こえ、その発電機を動かすための燃料の匂《にお》いがうっすらとたち込めている。

放置されたゴミが各所で山を造りだしており、その間にはダンボールや建築資材が地面のコンクリートを覆《おお》い隠してしまっている。

一時期はこの最下層も住みやすい時期があったのだが——この最下層を仕切っていた男が半年前に島を去ってからというもの、再び昔のような饐《す》えた空気に変貌《へんぼう》を遂げ始めていった。

そうした右肩下がりな環境の中で、数人の男達が疲れたように歩《ほ》を進めている。

「畜生《ちくしょう》、なんだってんだあの女ぁ！」

人気《ひとけ》の無い一画《いっかく》で立ち止まり、この街にやって来たばかりのルーキー達がゴミの山を蹴《け》り上げる。ボフンという音と共に、砂のような埃《ほこり》と生臭《なまぐさ》い匂いが周囲に飛び散った。

「誰だよ、あんな女を襲おうとか言い出したのぁよぉ！」

この島に来ればやりたい放題。そう聞いたからこそ彼らはこの島にやって来たのだ。東京で様々な悪事——と言っても、その殆どは暴力沙汰《ざた》だが——を繰り返し、強盗《ごうとう》のつもりがうっかり相手を殺してしまったので、逃げるようにこの『島』にやって来たのだ。

ここならば警察も来る事は無く、今まで以上に好き勝手に暴れられる。そう思っていたのに——彼らはまずこの島の住人達の自衛心の強さを甘《あま》く見ていた。住民になかなか隙《すき》が無く、人通りの少ない場所には滅多《めった》に足を踏み入れない。

この最下層だけは話が別だったが――ここを歩いているのは彼ら以上にヤバイ人間や、麻薬中毒で壊《こわ》れてしまっている人間が殆《ほとん》どだったので、うかつに手を出す事もままならなかった。

彼らがこの街で最初にやった悪事は、文句を付けてきた老人を七人がかりで袋叩《ふくろだた》きにした事だ。金を殆ど持っておらず、結局はストレス解消にしかならなかった。生死は確認していないものの、血を流して地べたをはいずる老人を前に、彼らはその程度の思いしか抱《いだ》かなかった。

苛立《いらだ》ちが募《つの》り始める中、仲間の一人から『毎朝一人で人気の無い場所を通る女がいる』と聞いて、これ幸いと襲い掛かったのだが――

そこで彼らは、この『島』の奥の深さを体に叩《たた》き込まれた。

前髪で目を隠した女が振るうチェーンソーの刃《やいば》は、彼らの心に恐怖という名の傷を刻み込んだ。あの狭い踊り場で、女は京劇の演舞のように派手《はで》に動き回り――血の一滴も流すこと無く、彼らの服や髪だけをひたすら刻み続けたのだ。

チンピラ達の全員が恐怖に竦《すく》んで動けなくなったのを確認すると、彼女はそのままエンジンを切り、何故《なぜ》かペコリと頭を下げてから、急ぎ足で階段を駆《か》け上がっていった。

「何なんだよあの女は！　東区画だの護衛云々《うんぬん》だの抜かしてやがったが、ありゃ一体なんの事だ？」

リーダー格の男の問いに、チンピラ達は誰も答える事ができなかった。

彼らはこの島に来る前に、何の下調べもしてきていない。もっとも、雑誌などに区画を仕切る組織や、その組織の護衛部隊の存在が記されている事はありえないのだが。

「畜生《ちくしょう》……苛立《いらだ》たしいから誰か適当にぶっ殺そうぜ」

「そうだな」

「そうすんべか」

冗談《じょうだん》としか思えない提案に、チンピラ達はヘラヘラと笑いながら賛同する。

彼らにとって『ぶっ殺す』という単語は、せいぜい袋叩きにして金を奪うぐらいの意味だ。

だが、その加減を知らない為に結果として本当に『殺して』しまった事が何度かある。先日の老人を殺したことも然《しか》り、そして、この島に来る原因となった殺人もまた然り。

彼らが適当な獲物を求めて周囲を見渡すと――小学校の高学年から中学生といった年頃の女の子が、こちらをじっと見つめているのが目に留まる。

「こら、何見てんだこのガキ」

チンピラの一人がつかつかと歩み寄り、細い腕をむんずと摑《つか》みあげる。

「おいおい、ガキ過ぎだろ」

「変態か手前《てめえ》は」

他《ほか》のチンピラ達は呆《あき》れた顔で笑うが、子供を捉えたチンピラはニヤニヤと笑いながらその手を離さない。

「まあ待てよ、こんな場所にガキが一人で居るわけねえだろ？　どっかに親がいる筈《はず》だから、そいつからたんまりとせしめてやろうじゃねえか」

「おいおい、誘拐《ゆうかい》かよ」

「誘拐？　俺《おれ》ら、初めての誘拐？」

「超ワルじゃん」

チンピラ達はゲーム感覚で話を進め、実際に誘拐という事にする方向で話を纏《まと》めつつあった。

その一方で、少女は自分の置かれた状況を理解する。それが解《わか》らないほど子供ではなかったが——何故《なぜ》か、彼女の表情に変化は見られない。

「見ろよ、こいつ何で自分が選ばれたのかって面《つら》してやがるぜ」

「オメーそれさっきも言ったろ」

「大丈夫だよ、このガキはチェーンソー持ってねえから」

「バッカでぇ」

新しい獲物を見つけた彼らの中に、既《すで》に潤《じゅん》から与えられた恐怖は残っていなかった。懲《こ》りるという事を知らないからこそ、彼らはこの『島』にまで辿《たど》り着いてしまったのだろう。

「で、ガキ。お前の親ぁ何処《どこ》だ？」

下卑《げび》た笑いを浮かべながら、点滅する蛍光灯の下で少女に不躾《ぶしつけ》な質問を浴びせかける。

しかし少女は全く表情を変えることは無く、抑揚の少ない調子で言葉を紡《つむ》ぎだした。

「親は——いないよ」

「ああ？」

「私達の親は――私達をこの島に捨てたの」

少女の言葉に、チンピラ達は一瞬顔を見合わせる。

だが――

「それがどうしたよ」

「手前一人でこんなとこに居れる筈《はず》ねーだろ」

「親が居ねぇんだったら保護者出せよ」

少女に対して同情も憐憫《れんびん》も湧《わ》かない。少女の言葉の意味を考えようともしない。

どこか薄ら寒いチンピラ達の態度に、やはり少女は無表情のままだ。

そして――チンピラ達よりも更に薄ら寒い言葉を紡《つむ》ぎだす。

「殺した人達だよね？」

「……あ？」

少女が
「お兄ちゃん達――３日前、この上で知らないお爺《じい》ちゃんを一人殺した人だよね」

「……なんだぁ？」

ようやく少女の表情に何の色も表れていない事に気付き、チンピラ達は訝《いぶか》しげに互いの顔を見合わせる。

「……あの爺《じじ》ぃ、死んだのか？」

「知るかよ。ってーか、何でそのガキが知ってんだよ」

「俺《おれ》だって知るか」


「殺すの？」


チンピラ達の言葉を聞き流しながら、少女は静かに、かつ勢い良く——自分の心中を淡々と語り始めた。

「——私も殺すの？」

その言葉を何かに例えるならば、それはまるで糸の切れた人形のようだった。カクンという音を立てて、何の力も持たず、ただその場に存在するだけの言葉の羅列《られつ》だ。

「あの知らないお爺ちゃんみたいに、私も殺すの？　殺しちゃうの？　私が何もしてないのに殴《なぐ》って殴って殴って殴って、血が出てるのを見て皆で笑って、開いた傷口に靴の踵《かかと》を押し付けて、そのまま踏みにじって、それでまた殴って、殺すの？　殴って殺すの？　蹴って殺すの？　それでそのまま何処《どこ》かに行っちゃうの？　財布《さいふ》の中だけ見て、つまらなさそうに唾《つば》を吐《は》いて、それでまた何回も何回も殴って殴って殴って、それで殺しちゃうの？」

少女は自分の心中を淡々と語っているだけだが、言葉の内容には何の感情も含まれていない。

本来ならば恐怖の涙で顔がクシャクシャになっていてもおかしくない思い。だが――彼女の顔の中で動いているのは顎《あご》の筋肉だけで、眉《まゆ》も目も先刻からピクリとも動かない。

流石《さすが》にチンピラ達も不気味《ぶきみ》さを感じたのか、少女の顔に視線を集中させ、そのまま石のように黙り込んでしまう。

「でもね、嫌《いや》なの」

男達は訳がわからずに、ただ少女の言葉に耳を傾ける事しかできない。

「嫌よ嫌なのとっても嫌。私ね、まだ死んだら嫌なの。ネジロがね、約束してくれたんだよ。私を外に連れて行ってくれるって。この酷《ひど》い所から逃がしてくれるって。ここから逃げれば、私達は幸せになれるんだって」

「何……を……言ってんだ？　このガキ……」

背中に寒いものが走り、チンピラの一人が幽霊《ゆうれい》でも見るような目つきで少女を睨《にら》み付けた。

「おい……いいから黙れこのガキ」

「だからね、こんな所で死にたくないの。だからね、だからね」

なおも口を閉じない少女に向かい、チンピラのリーダー格が襟首《えりくび》を掴《つか》みあげようと歩み寄る。

「黙れって言ってんだろこのくそガ――――」

ビュシュ
鈍く鋭い破裂音《はれつおん》が、チンピラの腹の辺りに反響する。

チンピラは、自分の腹の中に熱い何かが入り込んだのがわかる。
背中の辺りで何かが弾《はじ》け飛んだのもわかる。
それが弾丸と自分の肉であるということに気が付いた時には——彼の脳は既《すで》にパニック状態に陥っていた。

「だからね、殺される前に殺すの！」

少女の語気がはじめて強まり、最下層の一画《いっかく》に小さく木霊《こだま》する。
そして——チンピラの体が、膝《ひざ》からゆっくりと崩れ落ちた。

△
▼

なんだ。なんなんだよ。
俺《おれ》は今、何をされた？
畜生《ちくしょう》、痛ぇ。
痛ぇ痛ぇ痛ぇ痛ぇ痛ぇ痛ぇ痛ぇ痛ぇ痛ぇ　痛ぇ痛ぇ　痛ぇ痛ぇ痛ぇ痛　　ぇ痛ぇ痛ぇ
痛ぇ　　痛ぇ痛ぇ痛ぇ痛ぇ　　痛ぇ痛ぇ　痛ぇ　痛ぇ痛ぇ痛ぇ　　痛ぇ痛ぇ

痛ぇ　痛ぇ　痛ぇ痛ぇ　痛ぇ痛ぇ痛ぇ　痛ぇ痛ぇ　痛ぇ痛ぇ　痛ぇ痛ぇ痛ぇ痛

ぇ痛ぇ痛ぇ痛ぇ痛ぇ痛ぇ痛ぇ痛ぇ痛ぇ痛ぇ痛ぇ痛ぇ痛ぇ痛ぇ痛ぇ痛ぇ

腹が腹が腹が腹腹腹腹

なんだよこれ痛ぇ腹が熱いなんかドクドクいってやがる痛ぇ心臓が腹にもできたみてぇだ畜生畜生畜生畜生——

△▼

ピクピクと震えるチンピラの前に、少女が手から煙を吹かせて立っていた。

正確に言うならば、煙は少女の掌《てのひら》に納まっている物から吹き出していた。

それは、少女の手には少し大きいぐらいの、拳銃《けんじゅう》の形をした灰色の物体——いや、それは拳銃そのものだった。

色も形も大きさも、チンピラ達が映画などで見てきたものとは全く違う存在だったが、銃口《じゅうこう》らしき部分から噴《ふ》き出す煙と、周囲に立ち込めた火薬の匂《にお》い、そして何より、目の前で仲間が倒れているという事実。

それだけ見れば、少女の持つ物が拳銃であるという事を理解するには充分だった。

「なんだよ……おぃ、どうなってんだよ」

チンピラの一人が隣にいる仲間に尋ねるが、当然返事は返ってこない。

「おい、なんなんだよアレぁよ！」

なおも食い下がるチンピラに対し――その答えは、彼らの背後から返ってきた。

「銃《じゅう》ですよ。通称『ラット』――本土でも出回ってない、外国の最新型らしいですよ」

チンピラ達はその言葉で、一斉《いっせい》に呪縛《じゅばく》を解かれたようにその場を振り返った。

「反動が最も少なく、女の子でも扱える、特殊なプラスチックでできたサイレンサー付きの銃。引き換えとして殺傷力は少ないけれど――至近距離なら、充分人を傷付けられる」

そしてチンピラ達は――再び凍《こお》りつく事になる。

視界の中心には、白い服を着た少年が立っている。言葉を紡《つむ》いでいるのは、どうやらこの少年のようだ。だが――その少年のことなど、チンピラ達にとってはどうでもいい事だった。

彼らにとって何よりも脅威《きょうい》だったのは――白い服の少年の周りに、数十人とも取れる子供達の姿があった事と――そのそれぞれの手に少女と同じ、灰色の拳銃《けんじゅう》が握られている事だった。

「――怖いですか？」

白い服の少年が尋ねるが、チンピラ達は答えない。

子供達の年齢《ねんれい》は、上は15、6――下は、どうみても小学生にしか見えない者もいる。男女の割合は半々ぐらいで、統一感の無い服装を身にまとっている。ただし、白服の少年を除けば、彼らの服はどれも薄汚れており、遠めに見れば全員が灰色にくすんでいるように見えるだろう。

白服以外の全《すべ》ての子供達が手に銃を持ち——その表情は、鉄仮面《てっかめん》が数十個並んでいるようなものだった。

チンピラ達は不安と恐怖の狭間《はざま》に揺れながら、動くこともできずに白い少年の言葉に従っている。

「怖いですよね。銃を持った子供達に囲まれて。でも、外国の内紛地域とかじゃ、子供も銃を持つのは当たり前の事ですからね」

白服は両手をだらりと下げたまま、チンピラ達にとって意味のわからない言葉を繋《つな》げていく。

「15歳《さい》以下の女の子のゲリラが何万人いるか知ってますか？」

多くの銃口《じゅうこう》を前に、不安が徐々に恐怖へとシフトしていく。通常ならば発狂してもおかしくない程の恐怖を味わっているのだろうが、子供達と銃という異様な取り合わせの為、チンピラ達にはいまひとつ現実感が薄く感じられているのかもしれない。

何も考えられないままで、彼らは背後で倒れている仲間の事をすっかり忘れてしまっている。

子供達に不良という雰囲気は欠片《かけら》もなく、本土で見かければ、優等生もしくは引きこもりの類《たぐい》の人間だと判断するだろう。

「でも——ここは日本《にほん》だよね。おかしいよね？　日本で、こんな子供達が——銃《じゅう》を持ってお兄さん達を取り囲んでいるなんて」

続いて少年の口から紡《つむ》がれたのは、純粋な疑問。

「本当におかしいですよね。……この『島』って一体なんなんでしょうね？　ねえ、何だと思いますか？」

——そんな事知るか。

チンピラ達はそう答えたかったが——子供達の不気味《ぶきみ》さに気圧《けお》されて、口を開くこともままならない。自分達の呼吸の音が耳に響き、自分達が今とてつもない緊張の中にいるという事を認識させられる。

「本土から見たこの島はどうですか？　素敵《すてき》なところですか？　楽園ですか？　本土よりもずっとずっと素晴《すば》らしいですか？」

ここに来るまでは、チンピラ達はそう思っていた。だが、今は違う。

少年達の問いには答えることができず、口の動く一人が胆力《たんりょく》を振り絞《しぼ》って声をあげた。

「お前ら……何なんだよ……ギャングか何かか？」

質問に質問を返された少年は、特に機嫌を損ねた様子《そこ》も無く答えてみせる。

「ギャング……東京のカラーギャングって奴《やつ》ですか？」

一瞬の間を置いて、白服の少年の顔に苦笑と取れる表情が生まれる。

「話にならないです。あんな親の金で服を揃える連中と比べないで下さい。勿論《もちろん》私達もアメリカ人のマネです。でも、私達には金がない。アメリカのギャングと条件一緒。お金がないから、貧乏だから、不幸だからギャングになったわけです」

一通り話し終えると——白服の少年は懐《ふところ》から自分の拳銃《けんじゅう》を取り出した。形状との違和感が更に際立つ、純白の色をした小さな拳銃。ここがサーカスのテントならば、引き金を引くと鳩《はと》の一羽でも飛び出してきそうな色合いだ。

「だからその、そういうわけで貴方《あなた》達はこれから死にます。だって殺しますから。ＯＫ？」

「ちょッ！　ちょっと待ってくれよ！　話が見えねえよ！　なんなんだよお前ら！」

慌《あわ》てて体をすぼめるチンピラ達をよそに、彼らを取り囲む少年の一人が声をあげた。

「なあネジロ。そこの後ろで倒れてる奴さー。いつもみたいに賭《か》けしねえ？」

子供達の視線が、最初に少女に撃たれた男に集中する。赤い水溜《たま》りの中にうつぶせになったまま、時折体をビクリと震わせている。

「……1分以内」

ネジロと呼ばれた白服の少年がそう言うと、それに続いて、周囲の子供達が一斉《いっせい》に声をあげ始めた。

「えー、短すぎ。10分は持つよ」

「あの爺《じい》さんだって14分いったじゃん」

「20分」

「これ、もしかしたら死なないんじゃない？」

「死ぬって。ほら、今まで撃った人はみんな死んだじゃん」

「あれは、頭にとどめを刺してるからでしょー。放って置いた事は無いもん」

「そうしないと駄目《だめ》だってネジロが言うから」

「あ、西と東のヤクザの人達のこと？」

「ヤクザじゃないよ。マフィアだってさ」


そんな言葉を聴きながら——倒れていたチンピラは、次第にその声が遠くなっていくように感じていた。

さっきまであれだけ腹が熱かったのに、今は腹の回りと——手足の指先からどんどん寒くなっていく。自分の体が、内側から冷たくなっていくのが解《わか》る。

薄れゆく意識の中で、チンピラは二つの事を知った。

一つは、自分達が、この『島』の恐怖の深さを余りにも軽く見ていたこと。

もう一つは、自分達を傷つけずに追い払ったチェーンソー女が、この島の中で如何《いか》に優しい存在であったのかという事を——

「死んじゃった」

「1分持たなかったね」

「脆《もろ》いね」

「おじいさんより脆いじゃん」

「やっぱり、撃たれたから？」

「そうだろうね」

「そうだよ」


「ウエッ……」

淡々と語る子供達の前で、チンピラの一人が吐《は》き気を催したようだ。銃口《じゅうこう》を向けられる緊張に耐えかねたのか、それとも、先刻から続く、仲間の死を含めた『ありえない状況』に晒《さら》されたのが原因だろうか。

ただ――仲間のチンピラが死んだというのに、彼らの中で怒りや悲しみを覚えている者は皆無《かいむ》だった。所詮《しょせん》はそれだけの間柄《あいだがら》だったのだろう。

「脅《おど》かしすぎたかな」

チンピラの嘔吐《おうと》を皮切りに、ネジロはため息をついて銃《じゅう》を懐《ふところ》にしまう。

それと入れ替わりに——やはり白を基調としたデザインの携帯電話を取り出した。

メモリーから一つの番号を選び、送信ボタンを押してから耳にあてがう。

「……。あ、もしもし。ネジロです。……実は、仲間がチンピラに襲われて——一人撃ち殺してしまったんです」

電話口の奥から、わずかな沈黙を挟《はさ》んで男の声が聞こえてきた。ネジロはその声に答え、チンピラ達に視線を巡らせながら言葉を紡《つむ》ぎだす。

「……ハイ、すみません。……それで、残りのチンピラ六人を確保してるんですけど……どうしたらいいですか」

その後も暫《しばら》く会話を続け——最後に、口元だけで笑いを浮かべながら、ネジロは電話の相手に次のように告げた。

「はい……解《わか》ってます。僕達『ラッツ』は——金島銀河《かなしまぎんが》さんに従いますよ。ええ——私達はいつでも——沈まない船の味方ですから」

電話を切ると、ネジロは再び懐《ふところ》から銃を取り出した。

「好きにしろ、だそうです」

困ったように呟《つぶや》くと、銃口《じゅうこう》を向けながらチンピラ達の顔を眺め始める。

一通り視線を往復させると——少年はチンピラ達に最後の質問をした。

「この島に――希望はありますか？」

そして――最下層に、消音器を通した銃声《じゅうせい》が六回鳴り響いた。

少年は顔色一つ変えず――チンピラ達の答えを待つことも無く。

△

▼

暫《しばら》くすると、少年達の下に派手《はで》なアロハシャツを来た青年がやってきた。

「うわぁ……派手《はで》にやったねえ」

現場の様子を見て、アロハシャツの男は目を丸くする。

「ああ……大地《だいち》さん、どうも」

抑揚の無いネジロの言葉に、大地と呼ばれた男はつまらなそうな顔で少年達を見下ろした。

「君達さ……金島《かなしま》さんは怒ってないけどさ、こんなチンピラ達に使う弾《たま》があったら、とっとと西と東の連中を始末してよ」

「貴方《あなた》の指図《さしず》は受けませんよ、大地さん」

ヘラヘラとしたアロハシャツの優男《やさおとこ》を見上げるネジロ。しかし、言葉では完全に相手を見下している。

「あのさ……せめて土海《つちみ》って苗字《みょうじ》で呼んでくんないかな。こっちの方が年上なんだから」

「いいじゃないですか、ツチミなんて言いにくい名前。それに——私達と貴方《あなた》は、どちらも金《かな》島《しま》さんの下《した》っ端《ぱ》に過ぎないじゃないですか……だったら、立場は対等の筈《はず》です」

「対等って……何言ってんだよ、君達、今だに金島さんの声しか知らない癖《くせ》にさ」

「声しか知らない連中への連絡係に使われてる貴方も、充分下っ端でしょう?」

あからさまに、大地《だいち》を馬鹿《ばか》にしたような言葉。

だが、アロハの青年は特に怒った様子も無く、困ったような顔をしてため息をつくばかりだ。

「君らなぁ」

「そして——僕達には、力があります。貴方よりも、ずっとね」

ネジロが片手を挙げると——それまで黙ってやりとりを見ていた子供達が、懐《ふところ》から一斉《いっせい》に銃《じゅう》を抜き放った。子供達の顔は人間らしくない笑いが張り付いている。マネキンを無理矢理笑わせたような、無感情な微笑《ほほえ》み。それは大地という男に対する嘲笑《ちょうしょう》の意図すら含まれておらず、ただ——意味も無く笑っている。そんな印象を感じさせる。

いくつもの銃口《じゅうこう》を前に、大地は思わず両腕で上半身をかばって縮こまる。

「おおいッ!? ちょ、ちょっと、冗談《じょうだん》はよせよ!」

「冗談ですよ」

ネジロが振り上げた手を横に振ると、子供達はそれぞれの速さで銃を懐に隠していく。

「そうそう——勘違《かん》いしないで下さいね、大地さん。私達は貴方よりは力があると言いましたけれど——金島さんには敵《かな》わないと思ってますから」

大地は大きく安堵《あんど》の息をつき、恨《うら》みがましい目で捨て台詞《ぜりふ》を吐《は》き出した。

「畜生《ちくしょう》、君ら、絶対ろくな大人《おとな》にならんぞ」

「ろくな大人にならないって……具体的に、どういう大人になるんですか？」

皮肉を込めたネジロの問いに、大地は間髪《かんぱつ》入れずに答えを返した。

それは——ネジロ達にとって、胸に突き刺さる一言だった。

「この腐《くさ》れた島から、一生出られないような連中のことだ」

第3章
『ミス・アンラッキー&ノー・フォーチュン』

八十島美咲《やそじまみさき》は、不運の申し子だ。

少なくとも、自分ではそう思う事にしていた。

不幸を言い訳にして受け入れてしまえば――どんな境遇でも、大抵は我慢できるからだ。

彼女がこの島に来たのは3年前。父親が東京《とうきょう》の地下カジノで作った借金のカタにされたのが始まりだ。

――今時借金のカタで淩《さら》われるなんて、時代劇じゃあるまいし。

最初に話を聞いた時には何かの冗談《じょうだん》だと思った。実際にそんな事があるとしても、きっと一千万人に一人ぐらいの割合なのだろうと思っていた。

それがまさか、自分がその一人になってしまうとは。

借金のカタと言っても、最初は全然気が付かなかった。父親とは特に会話する事も無い、いわゆる冷《さ》めた家庭という奴《やつ》で、高校卒業後は適当にフリーター生活をしようと考えていたのだが——

「知り合いが、お前に割のいいバイトを紹介してくれる事になったんだ」

父親がそういうので詳しく話を聞いてみると、どうやらアミューズメントパークの従業員らしい。時給2300円という破格の値段に、詳しい話を聞きもせずに飛びついたのだが——その時給の内1500円は、父親の借金返済にあてられる事になっていようとは。

——そうよ。最初は私が悪いの。詳しい話を聞かなかったんだから、その時点で言い訳のしようも無いよ。だからこう思うの、私は運が悪かったんだって。どうして私は、頭が良くならなかったんだろうって。私が頭が悪いのも、きっと運が悪いからなんだって。

——解《わか》ってる、解ってるわよ。こんなのがかっこ悪い言い訳でしかないってこと。だからさ、潤《じゅん》、友達の貴方《あなた》だけに話してるんだよ。……んー、そうやって怒って欲しかったっていうのもあるんだけど……自分に喝《かつ》を入れたかったって言うか。でも、潤に怒られても、どっちが怒られてるのか解らないから……え、あれ、ちょっと、嘘《うそ》嘘、ウソだから、ちゃんと反省してるから、だからだからチェーンソーを出すの止《や》めて止めてやだ、やだ——

美咲《みさき》が潤に自分の境遇を相談した時は、このようにしてチェーンソーをかざした潤にガソリンが切れるまでクドクドと説教される事となった。

「とにかくー！　美咲はずるいよ！　そんなこと言って、何かと言えば自分が頑張《がんば》らなかった言い訳を作って楽しようとしてー！」

エンジン音と共に怒鳴《どな》られた言葉。

確かにその通りであり、彼女にとっては言い訳のしようも無かったのだが——それでも、不幸を言い訳にしないで乗り切るには——この『島』の生活には辛《つら》い事が多すぎる。

最初のその一件こそは自分の責任だが——実際に彼女は、不運としか形容できない状況に陥る事が日常茶飯事《さはんじ》だった。

彼女の仕事は東区画のカジノでの雑用全般だった。どうしてこんな仕事が自給2300円なのかと不思議に思っていたが——最初の1ヶ月で、その理由を嫌《いや》というほど思い知らされた。

カジノの売り上げを狙《ねら》った強盗《ごうとう》が、1ヶ月の間に五回。

更に、自分が人質《ひとじち》に取られたのは二回。

それだけならばまだ給料の内なので納得できる。だが、この島に住んでいるだけでも、彼女には次々と不幸が襲い掛かる。

街中の銃撃戦《じゅうげき》に巻き込まれる事四回。

銃撃を伴わない喧嘩《けんか》に巻き込まれる事六回。

引ったくりに遭《あ》う事十三回。

ぶるぶる電波のＤＪワゴンに跳《は》ねられる事二回。

その他《ほか》、大小含めて様々な事件に巻き込まれている。

特に理由も無く——理由としては、ただそこにいただけで巻き込まれる事が殆《ほとん》どだ。

一番酷《ひど》かったのは半年前――橋の入口付近で、彼女が憧れている西区画の幹部の姿があった。

声をかけようと追いかけた瞬間――自分とその幹部の間の壁が爆発し、橋への入口につまれていた資材で危《あや》うく生き埋めになるところだった。

それはその幹部を狙《ねら》ったテロリストの仕業《しわざ》だったらしいのだが――結局その爆発を最後に、その幹部の姿を見かける事も無くなった。

なにやら自分の不幸のせいでその人物が巻き込まれたような気がして、暫《しばら》くは怖くて表に出る事もままならなかった。

そんな彼女を励ましてくれたのが、東区画の護衛部隊長、砂原潤《さはらじゅん》だった。

彼女は美咲《みさき》の唯一と言っていい程の友人であり、困った時には互いに相談に乗ったりして励ましあった。美咲の働くカジノの周りに、同年代の女性が潤しかいなかったという事もあるがそれ以上に決定的だったのは――潤は少なからず、美咲を数々の『不幸』から解放してくれたからだ。

美咲が人質《ひとじち》に取られた時やカジノを襲撃された時、危《あぶ》ないところを助けてくれたのは全《すべ》て潤の率いる護衛部隊だ。特に、潤には直接助けられた事も多いので、命の恩人としての繋《つな》がりも強く感じているのだろう。

実際、もしも潤がいなかったら、美咲は今までに五回は死んでいる事だろう。

不幸に巻き込まれてる彼女の唯一の幸福——それは、潤に出会えた事に他《ほか》ならなかった。

——だから、潤には本当に感謝してる。貴方《あなた》がいなかったらきっと、私は自分に言い訳する暇も無くて、この街で潰《つぶ》れちゃってたと思う。

チェーンソーのガソリンが切れた後にそう告げると、潤は泣きそうな顔になって「そそ、そんなこと無いですよぅ……」と言って顔を俯《うつむ》けた。エンジン音の有無による彼女の落差は知っていたが、こればかりはいつまで経《た》っても慣れる事は無かった。

自分の不幸は不運のせいだ。

運が悪いだけなのだ。だから、辛《つら》い現実は仕方の無い事なのだ。

そう思う事で生きる辛さを我慢《がまん》すれば、小さな幸せを摑《つか》み取る事ができる。

少なくとも、彼女はそう信じていた。

この世には、幸運も不運もありえない。
それがネジロ——子城彼方《ねじろかなた》の心情だ。

△
▼

木曜日　昼　東区画――ラーメン屋内

《さあさあ、紳士熟女《しんしじゆくじよ》に坊《ぼつ》ちゃん婆《ばあ》ちゃん、遠くなった耳を引き戻す為に今日もみんなの心に素敵《すてき》な電波をお届けだぁ！　電波の力で昼飯も一層美味《うま》くなるって寸法だぁ。お呼びじゃないなら即退場、さっさと自分の耳にご飯粒でも突っ込むのがベストオブベスト。今日の昼時万々《ばんばん》歳《ざい》のゲストは――半年前に『街角ぶるぶる伝説』のゲストに出てくれた地図っ子、霧野《きりの》夕海《ユア》ちゃんの登場だぁ！》

一人で昼食を取っていたネジロの耳に、妙にテンションの高いトークが飛び込んできた。

街の至る所に設置されているスピーカーから、珍妙《ちんみよう》な喋《しやべ》繰りが町中に響いている。

初めてこの島を訪れた人間は面《めん》を食らう事だろうが――これもまた、この『島』の日常的な風景の一つなのだ。

この街の放送システムをジャックして、朝から晩まで毎日好き勝手な放送を繰り返す海賊《かいぞく》ラジオ『蒼青《そうせい》電波』の島内放送。蒼《あお》と青ということから『ぶるぶる電波』と呼ばれ、島の住民にはそこそこに親しまれている。

現在放送しているのは『昼時万々歳』。毎日ゲストを呼んで料理の作り方を学ぶ――と見せ掛けた、単なるトーク番組だ。

この放送局は島内のコネだけは物凄《すご》く、ゲストとして東区画のトップであるギータルリンでさえ十回以上出演している。

そして——今日のゲストは、まだ13歳になったばかりの少女だった。

「キリノユア、か……」

霧野夕海。その名前にはネジロにも聞き覚えがあった。

確か、この複雑に入り組んだ島の地図を作ろうとしている少女の筈《はず》だ。

この『島』は元から複雑に地下通路が入り組んでいる上に、違法建築が建ち並び、元の設計図と比べると見るも無残《むざん》な状況になっている。

夕海という少女は、自らの足で様々な『抜け道』を探り——それをこと細かく記録して、この島の完全な地図を作ろうとしているのだという。

——あの子も、親がいない筈だったな。

年齢《ねんれい》は自分よりも少し下で、両親に連れられてこの島にやって来て、そのまま両親と死別して現在に至るとの事だ。

「……無理矢理連れて来られて、親に死なれたんじゃ……捨てられたのと同じだよね」

ネジロは箸《はし》を止めると、スピーカーの一つを眺めて目を細める。

「——僕達と同じだよ」

ネジロを中心とした少年少女の集団、『ラッツ』。

彼らは島の住人の子供達が不良化したわけでも、街の外のチームが流れ込んで来たわけでもない。彼らには親や保護者といったものが存在せず、ネジロを中心とした独自のコミュニティを作り上げている。とはいえ、何十人もの子供達が一箇所に固まって寝起きしているわけではない。彼らは最低限の連絡を用いて、食料の確保や街の住人から請《う》け負う様々な仕事を効率よく分担して生活しているのだ。

だが、誰彼《だれかれ》構わず仲間に迎え入れているわけではない。『ラッツ』の子供達には一つの共通点があり――それこそが、彼らの結束の源でもあった。

『ラッツ』に集まる少年少女は――この島で生まれたわけでも、自分からこの島にやって来たわけでもない。

親や、あるいはそれに準じる家族の手によって――この島に捨てられたのだ。

ネジロの場合は、8歳《さい》の時に実の親に連れられてこの島にやって来て――気が付いたら、親の姿が何処《どこ》にも見あたらなかった。

背中に負ぶわされたリュックには、山ほどの携帯食とペットボトルの水が詰め込まれていた。何が起こったのか判《わか》らず、ただ親とはぐれてしまったものだと思って泣き喚《わめ》きながら通りを歩いた。

だが――道を歩いていたチンピラに煩《うるさ》いと蹴《け》り倒され、泣いている子供を手助けする者は誰も居なかった。この『島』には警察も迷子《まいご》センターも存在しない。新潟《にいがた》か佐渡《さど》にまで渡ればなんとかなったのだろうが――どちらに渡るにせよ、徒歩で十数キロメートルの道のりの橋を越えねばならず――それ以前に、ネジロにとっては既《すで》に一つの『街』と化していた島で、橋の入口に辿《たど》り着く事すらできなかったのだ。

それから数日、彼は食料を無計画に齧《かじ》りながら、ただひたすら親の名を呼びながら歩き続けた。だが――その際に、彼は見てはならないものを――あるいは、見ておかなければならないものを見た。

それは、不法滞在者の一人が屋外に引っ張り出して眺めていたテレビだった。

丁度《ちょうど》ニュースをやっていたのだが、なんとその画面に、自分の両親の姿が映っているではないか。

慌《あわ》てて駆《か》け寄ると――ニュースの中では、自分が誘拐《ゆうかい》された、という事をアナウンサーが喋《しゃべ》っている。

最初は何も理解できなかったが――8歳の少年にも、次第にそれがどういう事なのか解《わか》ってきた。

両親と共にこの島に来たのに――どうして父も母も『自分の街の公園で、目を離した隙《すき》に居なくなった』等と言っているのだろう。

――狂言誘拐。

そんな単語は当時は知る由《よし》もなく、何の為にネジロの両親がそんな事をしたのかは未《いま》だに解らない。

ただ、一つだけ――当時のネジロにも痛いほどに理解できた事がある。

――自分は、両親に必要とされなかった。

それを理解した瞬間、少年は完全に帰る場所を失ったのだ。

なんとしても島から脱出して、両親の計画を壊《こわ》すという事もできた。だが――それを成した後はどうすればいいと言うのか。理屈ではなく、少年は感覚的に理解したのだ。もう、どう足《あ》掻《が》いたところで元の生活には戻れないのだと。


それから7年。

彼は次第に、自分と同じような境遇の少年少女と出会い始めていく。

――この島に子供を捨てると、警察も捜査には行かないらしい。

そんな噂《うわさ》が本土に流れ、子供を煙たがっている親達が次々と子供をこの島に捨てに来たのだ。本土の不況もますます酷《ひど》いものになっていると言うが、自分の子を捨てる親がこれほどいるという事実に――ネジロは、特に何も感じなかった。

――自分がそうだったのだから、他《ほか》にもたくさんいて当然だろう。

そんな思いの元、ネジロは先に捨てられた存在として、新たに捨てられた子供達に、この島での生き方を教え始めた。

自分の周りに集まった子供達を見て、ネジロは、それが一つの力である事に気が付いた。

そして少年は――自分達を捨てた世界に戻る事を望み始める。

何も知らなければ、この『島』という世界に満足していたかもしれない。だが――この島は掃《は》き溜《だ》めでありながら、――雑誌、ネット、ＴＶ――余りにも、情報が多すぎたのだ。

両親はどうでもいい。ただ、ＴＶに映し出され、自分のかすかな記憶に残る楽園のような世界。こんな沈みかけの船の如き『島』など本当の世界ではないと言わんばかりに、ネジロは自分達の共同体に『ラッツ』という名前をつけた。

自分達を捨てた世界に戻る為に。あるいは、復讐《ふくしゅう》する為に、
あるいは――沈み行く『島』から、できるだけ遠くに逃れる為に――


ネジロはそんな決意を思い出しながら、目の前にあるラーメンを啜《すす》り始めた。

実に美味《うま》いラーメンだったが、ネジロの顔は全くほころばない。

――ここは自分達にとっては偽物《にせもの》の世界に過ぎないのだ。だから、こんな世界で必要以上に感情をあらわにする必要は無い。

店内の様子も『典型的なラーメン屋』には程遠く、二人分のスペースしかないカウンターに、狭《せま》い壁に無理矢理はめ込んだ板状ＴＶ。その下には『ラー油の一気飲み禁止』という注意書きが貼られている。そんな無茶《むちゃ》をする人間がいるとは普通ならば考えられないが、この島には色

色とおかしな人間が多い。こんななんでもない一文《いちぶん》に至るまで、ネジロにとっては、その全《すべ》てが異常な事のように思えてならなかった。
ネジロだけではない。『ラッツ』の仲間達は、この『島』が異常だと理解した上で、自分を押さえ込んで生きている子供達ばかりだ。
本当の世界から捨てられた子供達の反応として、それが普通なのだと思っていた。あるいは、憎しみの感情ばかりが強くなって、街のチンピラ達のようになるかのどちらかだろうと——
しかし、ラジオに出ている少女は自分達『ラッツ』の人間とはまるで違う。ラジオの中の少女は、実に楽しそうに笑い、どこまでも人間らしい。この島に暮らしている負い目など、微塵《みじん》も感じていないかのように。
《今日は夕海《ユア》ちゃんに豚骨《とんこつ》チャーハンの作り方を教わって、私達だけで頂いちゃおうって寸法さ！　昼飯にありつけない貧乏人は音だけで満腹になってくれってこと！》
《ええと、これは、私がお世話になっている飯塚《いいづか》食堂のメニューの一つです！》
《夕海ちゃんは飯塚食堂の家族の一員だからねー、お袋《ふくろ》の味って奴《やつ》？　ヒャハハッ》
——僕も、誰かに引き取られていれば、少しは違ったのかな。
そうすれば、こんな殺伐《さつばつ》とした状況に陥ることは無かったのだろうか。この最低な島の中で、自分だけの幸せを見つける事ができたのだろうか。
——やめよう。そんな疑問は、自分の行動を鈍くするだけだ。

自分は運が悪かったのか？ 運が良ければ、夕海という少女のように——この腐《くさ》りきった島の中で、人間らしく笑う事ができるのだろうか？

それは違う。運などというものは関係ない。

今、自分がこんな場所にいるのは——自分の力が足りないからに他《ほか》ならない。不幸な境遇を運のせいにしてしまえば、そこで人は諦《あきら》めてしまう。全《すべ》てを運のせいにして、成長することを、這《は》い上がる事を忘れてしまう。

だからこそ——ネジロは運を否定する。

自分の決意を忘れない為に。

『不運』などというものに左右されない、確固たる力を手に入れる為に——


「……ごちそうさまでした」

ネジロはスープを半分ほど残し、料金ぴったりの小銭を置いて立ち上がろうとした。

その小さな頭に、店主の野太《のぶと》い声が浴びせられる。

「おい小僧《こぞう》。まずかったんなら金はいらねえぞ」

「え……。いえ、おいしかったですけど」

「……そうか、ありがとよ。いや、何か無理してるような面《つら》に見えたんでな」

ネジロはハハ、と力の無い愛想《あいそ》笑いを浮かべて店を後にした。

——無理しているのは確かだ。

この島を否定するネジロにとって、この島で何をするのにも無理が必要だ。

食事一つとる事でさえ、笑顔一つ浮かべる事でさえ——

自分の境遇に怒りとも悲しみともつかないものを感じながら、少年は無言で歩き出す。

少しだけ無理をして、自分に与えられた仕事を成し遂げる為に。

この掃《は》き溜《だ》めの『島』を仕切る、悪の元凶《げんきょう》、邪悪《じゃあく》の根源——西と東に居座る、二つの組織の人間を始末する。

それが——彼と『ラッツ』に与えられた仕事なのだから。

——ずっと楽だ。

——この『島』を受け入れるぐらいなら、これが僕達の世界の全《すべ》てだと受け入れる事に比べたら、ずっとずっと楽な事だ。

——殺すのも『島』の人間だ。この『島』を沈めるのだと思えば——心はとても楽なものだ。

——そうだ、僕らはこの『島』を沈めるんだ。

——沈むから逃げるんじゃない。

——ここではない場所へと逃げる為に——僕は自分の手で、船を沈めるんだ——

△
▼

木曜日　夕方　東区画——地上部分、某所《ぼう》

瓦礫《がれき》の間に、鋭い怒声《どせい》が響き渡る。

「嘗《な》めるんじゃねえ、この糞《くそ》ガキがぁッ!」

灰色のスーツを纏《まと》った男が、眼前の子供の手を蹴《け》り上げた。

「うぁッ!」

十代前半と思しき少年が、短い悲鳴をあげる。彼の握っていた灰色の銃《じゅう》が弾《はじ》き飛ばされ、林の外へと飛んでいった。

「……畜生《ちくしょう》……油断したぜ……まさか、まさかこんなガキが……」

息を荒くしながら、男は手を押さえてうずくまる少年を睨《にら》み付ける。

男のわき腹にはドス黒い色が滲《にじ》んでおり、どうやら何発か銃弾《じゅうだん》を食らっているようだ。

しかし男は、痛みにも怒りにも身を任せる事はなく、ゆっくりとした動作で少年の腕を捻《ひね》りあげた。

「ガキぃ……誰に頼まれた」

脇腹《わきばら》の痛みを押さえ込みながら、必要最低限の尋問《じんもん》を行おうとする。

だが――

「ガキじゃないよ」

突然、横から声がかけられ――

男のこめかみに衝撃《しょうげき》が走り、痛みも怒り光さえも――彼は、瞬時に全《すべ》てを失った。


糸の切れた人形のように倒れる男を見ながら――ネジロは小さく呟《つぶや》いた。

「ガキども、だよ」

彼の右手には白い銃《じゅう》が握られており、銃身《じゅうしん》と同じ色の煙が噴出《ふんしゅつ》している。

「頭を狙《ねら》えって言ったろ」

「ありがとう、ネジロ」

無表情のネジロに対し、やはり少年も無表情のままで礼を言う。

「いいさ、ところで、銃は？」

「そっちに飛ばされたと思う」

灰色の銃が蹴《け》り飛ばされた方向に、二人が揃って振り向くと――

そこにはカジノのディーラー服を纏《まと》った女性が立っており――ネジロ達と目が合うと――

即座に身を翻《ひるがえ》して、人通りの多い方へと走り去ってしまった。

更に不味《まず》い事に、逃げる女の手には——小さな灰色の物体が握られている。

ネジロはとっさに銃口《じゅうこう》を向けるが、既《すで》に『ラット』の射程範囲外だ。

「……まずいな」

姿を見られた。周囲に誰も居ない事を確認してから犯行に及んだのだが、いつの間にか近くまで人が来ていたようだ。これが単なる一般人ならば問題は無かったが——ネジロには、今の服装には見覚えがあった。

——確かあれは……東区画のカジノの制服だ。

まずい事になった。そう思いつつも、ネジロはそれを表情に出さない。

今の不安を表情に変える事に、何の利点も感じられなかったからだ。

横にいる少年も感情を表に表わさないが、おそらく何も考えていないだけだろう。

「……運が悪かったのかな」

「……運なんかじゃないさ」

ネジロは独り言のように呟《つぶや》くと、懐《ふところ》から携帯電話を取り出した。

「人が来るまでに仕留《しと》められないで、尚且《なおか》つ銃を蹴り飛ばされた——僕達が弱かっただけだ」

目撃者の女を追うのは無理と判断した上で、ネジロは自分の雇い主へと電話をかける。

「金島《かなしま》さんですか……少し困った事になりました」

△

▼

仕事場のリニューアルオープンまであと1日。

八十島美咲《やそじまみさき》はカジノの支配人である稲嶺《いなみね》に言われ、明日のオープンセレモニーを仕切る東区画の幹部に挨拶をしてくるように言われていた。

正直言って気が進まなかったが、稲嶺ににらまれると断る事ができない。

しかし、昨日のギータルリン&イーリーという組み合わせに比べれば緊張も少ないというものだ。

美咲は心中では不安を抱《かか》えつつも、顔に笑顔を浮かべて仕事を引き受けた。

軽い挨拶をすると共に、明日の段取りを軽く確認する。

——ただ、それだけの筈《はず》だったのに。

彼女の目の前で、一人の男が死んだ。

東区画を仕切る組織の一員で、明日のオープンセレモニーを仕切る筈だった男だ。

――私はただ、仕事をしにきただけだったのに。

――どうして、こんな事になってしまったのだろう。

幹部のいる筈《はず》の事務所に向かうと、彼は事務所の裏手――東区画の公園に行ったという。

「え……一人でですか？」

構成員が次々と殺される時期に、護衛もつけずに外に出るなんて、なんと無用心なのか。

「大丈夫だよ、あの人は油断するような人じゃあないし、怪しい奴《やつ》は近くに近づけないさ。裏の公園で集まってる猫《ねこ》に餌《えさ》やるだけだよ……俺《おれ》達が一緒じゃ逃げちまうんだと」

事務所に残っていた強面《こわもて》の一人がそう告げるが、美咲《みさき》はなおも不安げな表情だ。東区画の人間はボスがボスなせいか、物事を大雑把《おおざっぱ》に考える人間が多く集まっているようだ。

「餌をやる時間は毎日ずらしてるし、待ち伏せされてるって事もねえだろうからな……四六時《しろくじ》中《ちゅう》見張られてるってんならともかくよ。……まあ、事務所で待ってるといいや」

事務所にいた構成員はそう言っていたが、強面が揃っているこの事務所で待つという気分にもなれない。ならば、公園まで探しに行った方が良いだろう。

そう思い、彼女は人気《ひとけ》の無い公園に足を延ばしたのだが……

「嘗《な》めるんじゃねえ、この糞《くそ》ガキがぁッ！」

そんな怒鳴《どな》り声が聞こえてきて、美咲は体をビクリと震わせる、
反射的に声のした方を振り向くと——

林の奥から何かが飛んできて、美咲の足元に転がった。

「?」

それは拳銃《けんじゅう》の形をした灰色の塊《かたまり》で、BB弾を打ち出すタイプの玩具《おもちゃ》のように見えた。

思わずそれを拾いあげながら、声のした方に目を向ける。

公園の道から外れた、人工的な林の奥——人の管理を離れて繁殖する茂みの間に見えたものは——二人の子供と、その間にいる一人の男——美咲がこれから会う予定だった、東区画の幹部の一人だ。

刹那《せつな》——白い服を着た少年の手の辺りからくぐもった音と火花が弾《はじ》け、幹部のこめかみの辺りに真っ赤な花が咲いた。

——まずい。

美咲は、自分がどのような状況に陥っているのかを即座に理解する。

普通の人間ならば、何が起こったのか即座には理解できないだろう。本土の人間ならば——中学生ぐらいの子供が人を撃ち殺す光景に呆気《あっけ》に取られてしまうことだろう。——そんな事はありえない、と。

だが、ここは『島』であり、彼女は八十島《やそじま》美咲なのだ。

数え切れない程の事件に巻き込まれてきた彼女にとって、それはあまりにも見慣れた事態であった。それに——子供が人を殺す事など、この島では特別珍しい事ではない。

流石《さすが》に銃《じゅう》で殺しているのには違和感を覚えたが、彼女の体はそんな事では硬直しない。事態を理解した次の瞬間には、『逃げろ』という信号を体中の細胞に送信する。

心臓が鼓動を速くする。血に溶け込んだエネルギーを体中の筋肉に流し込む。

そして、少年達と目が合った瞬間を合図として——彼女の体は、１００％の力を持ってその場を駆《か》け出した。

△

▼

走る、走る、走る。

カジノのディーラー服を身に纏《まと》った女が、夕焼けの中をただひたすらに——走る。

もう20分は走り続けただろうか。

足の筋肉がズタズタになっているのがわかる、脳みそでは走っているつもりでも、実際には普通に歩くよりも遅いであろう事もわかっている。

だが、美咲《みさき》には足を止める事ができなかった。目の前で行われた、あまりにもあっけない殺人行為。その淡々とした光景が、彼女の後ろから冷たい気配となって襲い掛かってくる。

その恐怖から逃れるために——八十島《やそじま》美咲は走り続けるのだ。

彼女は決して無目的に走っているわけではない。彼女がこんな事態に巻き込まれた時、唯一頼りにする事ができる人間——東区画の護衛部隊長、砂原潤《さはらじゅん》の元へ一直線に向かっている。

テーマパークの入口が見えてきた。あそこさえ抜ければ——

後ろを振り返っても、あの白服の子供が追ってきていない事はわかる。だが——安心はできない。この『島』において危険に巻き込まれたならば、油断は即座に死につながる。

テーマパークの周囲を歩く子供達。その一人一人がさっきの少年——あるいは、少年の仲間ではないかという強迫観念に襲われる。

その妄想《もうそう》を振り切るように、彼女はついにテーマパークの正門を走り抜けた。

警戒心《けいかい》がいくらかほぐれ、管理事務所の扉の前でようやく足を止めようとする。

だが、疲労した足は思うように動いてくれず——最後は転ぶようにして全身でドアノブにしがみついた。

「潤……潤——!」

本来ならば、助けてくれと叫ぶところなのだろう。だが、美咲は——自分がそうやっていつも潤に頼りきってしまう事に負い目を感じていた。それにも関わらず、今回もこうやって、本当は関係無い彼女を面倒事に巻き込もうとしているのだ。

自分はなんと身勝手な人間なのだろう。それでも、彼女は一人で事態を支えきる事ができずに、この場所に辿《たど》り着いてしまった。

彼女は最後の力でドアを開きながら——それまで喉《のど》の奥に溜《とど》めていた一言を口にした。

「潤《じゅん》——ごめんなさい！」

事務所の中には五人程の人間が待機しており、その中には前髪を隠した少女の姿もしっかりと存在した。彼女達は皆、驚いたような顔をして美咲《みさき》を見ていたが——やがて誰もが真剣な表情となり、彼女の方に向かって駆《か》け寄ってくる。

美咲はそのまま事務所の入口に座り込み、自分の頬《ほお》に涙が流れている事に気が付いた。

「ごめ……ヒグッ……潤ー……ごめん、ごめ……ん……」

安心した途端《とたん》に喉の奥が詰まってしまい、うまく喋《しゃべ》る事ができなくなってしまう。

そんな美咲を安心させる為に、いち早く駆けつけた潤が美咲の肩を抱《だ》きしめる。

「大丈夫……大丈夫だから落ち着いて、美咲！」

チェーンソーを持っていない筈《はず》なのに、潤は精一杯の笑顔で親友を強く励ました。

彼女も美咲を元気づけようとして必死なのだろう、それを感じ取って、美咲はまた涙が出てきた。

——ああ、私はなんて馬鹿《ばか》だったんだろう。これほど素晴《すば》らしい親友がいるのに、自分に運が無いだなんて。

——潤がそばにいてくれる。私はどれだけの間、この幸運に気が付かなかったのだろう——

美咲も潤にすがろうとして両手を広げ、そのまま相手の背中に手を回し――――

その右手に、軽い衝撃《しょうげき》が走った。

「ヒグッ……え？」

美咲が前を見上げると、黒服の大男が自分の右手を掴《つか》んでいる。そのまま捻《ひね》りあげるように、強く握りしめられていた美咲の掌《てのひら》をこじ開けた。

――痛いッ。

緊張の為に固く握り締めていた手が無理に開かれる。そして美咲はその瞬間――自分が右手に何かを握りこんでいた事に気が付いた。

――何が起こったのだろう。自分は今、右手から何をむしりとられたのだろう？

涙にかすむ目で、目の前の大男――グレイテスト張《チャン》の顔を見る。

張は一言も喋《しゃべ》らず、なにやら厳《きび》しい顔をしてこちらを睨《にら》んでいるような気がする。

彼の手の中にあるものを横から覗《のぞ》き込んで、褐色《かっしょく》の肌の男――カルロスが陽気な声をあげる。

「わお！　ビンゴだよ、この銃《じゅう》、『ラット』だ！　一致したよ！」

――え？　え？

「いやー、まだ日本にはあまり無いタイプなんだけどねー！　殺傷力が小さいのと射程が短いのが難点だけど、それさえ目を瞑《つむ》れば携帯のストラップにだってできる軽量低反動！　ねえね、これ、どこで買った？　最下層？」

カルロスはそのまま美咲《みさき》と潤《じゅん》の横にしゃがみこむと、首を横に振りながら喋《しゃべ》り出す。

「ヤ！　ボクにいい考えがあるよセニョリータ！　君はあの幹部に襲われそうになったって言うんだ、そうすればホラまあボクらのボスは寛容《かんよう》っつーかアマアマちゃんだから、きっと見逃してくれると思うんだよね？　ボクも弁護してあげるからさ！　そしたらボクと1日デート、なあに1日あればもう君はボクのとりこになるよセニョリータ！」

――え？　え？　ええ？

カルロスが何を言っているのか理解できず、美咲は自分の涙が急速に乾いていくのを感じていた。

徐々にはっきりとしていく視界の中で、彼女は張《チャン》の掌《てのひら》の中にある物の正体を知る。

それは、逃げる時に思わず握りこんでしまっていた、灰色の銃《じゅう》のような物。余りにも軽く、そして小さかった為に、美咲は自分がそれを握りこんでいることをすっかり忘れてしまっていたのだ。

「おい、とっとと縛《しば》り上げようぜ」

張がそう呟《つぶや》くと、潤が強い口調で言い返す。

「そんな！　何かの間違いです！　美咲は……美咲は裏切り者なんかじゃありません！」

「いや……だってよ、さっきから『ごめん』って……思いっきり自白してるじゃねえか」

――え？　え、えええええ？

事態を呑《の》み込み始めた美咲は、部屋の奥で電話をしているボンテージ風の女に気が付いた。

研《と》ぎ澄《す》まされた聴覚に、彼女が受話器に向かって喋る言葉が飛び込んでくる。

「はい、ボス。確保しました。凶器《きょうき》も持っていましたから……まず実行犯に間違いないかと」

――えええええええ――ッ!?

彼女は自分が現在置かれている状況を完全に把握し、心の中で叫びをあげる。

自分はやはり――天から完全に見放されているのだと。

不幸の申し子なのだと――

△
▼

30分後　東区画――テーマパーク管理事務所
電話をしてから半刻《とき》後、いつものように美女を二人伴いながら、事務所にギータルリンがやって来た。

他《ほか》の幹部も呼ぶべきかと聞いたのだが、ややこしくなるからいいと言って、結局ギータルリンが単独で事務所に来る事になったのだ。


「フウン、どうしたもんだろうかネ？」

キャスター付きの椅子《いす》に座って、東区画のボスがクルクルと体を回転させている。

モデルのように足を組み、人差し指をこめかみに当てながら——。

なまじポーズを決めているだけに、回転する姿が一層マヌケに見えてしかたがない。

「どうしたもこうしたも、まず回るのを止めろ」

張《チャン》が苛立《いらだ》たしげに呟《つぶや》きながら、ギータルリンを椅子ごと蹴《け》り倒した。

「……君には一度、この東区画で一番偉《えら》いのが誰なのかを教える必要があるようだネ」

「馬鹿野郎《ばかやろう》。俺《おれ》は偉いか偉くないかにはこだわらん」

床に突っ伏したまま呟くボスに対し、自信満々に答える張。

「まったく……そんな事だから本国のマフィアから賞金首にされるんだヨ」

「うるせえな、なんならバウンティハントに挑戦してみるか？」

指をポキポキと鳴らす無法者を前に、この東区画で最も権力のある人間が黙り込む。法に護られていない権力など、暴力に簡単に屈してしまうのだとでも言いたげに。

街の権力者が天然系の芸人風に扱われている姿。そんな貴重な姿（ギータルリンの場合は貴重とも言い切れないが）を目にしながらも、美咲《みさき》の緊張は晴れる事は無い。

視線は虚空《こくう》を彷徨《さまよ》い、食いしばっているつもりの歯がガチガチと忙《せわ》しない音を立てている。

潤《じゅん》はそんな友人の様子を心配そうに見つめており、他《ほか》の面々《めんめん》も複雑な表情で状況を見守っている。

そんな緊迫した空気を軽く無視して、ギータルリンは椅子に座り直しながら、美咲の緊張を解こうと軽口を叩《たた》き始める。

「フフフ、緊張するのも無理はないかもしれないけどネ。安心したまえヨ！　君を和《なご》ませるために、これから地下プロレスのチャンプ、グレイテスト張が一発芸をするのだからネ！」

「しねえよ」

「ええッ!?　やらないのかネ!?」

「手前《てめえ》が驚いてどうする」

そんなやりとりを何度か続けるうちに、徐々に美咲の呼吸が整い始める。別にギータルリンの言葉に落ち着いたわけではなく、ただ単に、時間の経過とともに体が緊張に慣れ始めたのであろう。

頭の中が冷静になりつつある今、美咲は自分の見たものを信じて貰《もら》えるのかどうかが不安になってきた。もしも信じて貰えなかったら——私は東区画に始末されてしまうだろう。

それならば、いっそ先刻カルロスが言ったような手を使うのもありなのではないだろうか。

自分がやったと嘘《うそ》をついて、その行為に何らかの理由をつけて正当性を持たせるのだ。

だが――彼女はその考えをすぐに打ち消した。

そんな付け焼刃《やきば》の方法が上手《うま》くいくとも思えなかったし、そもそも犯してもいない罪を認める事に抵抗がある。

そして何より――潤《じゅん》に対する裏切りとなるからだ。

砂原《さはら》潤は、先刻自分がこの事務所にやって来た時に、張《チャン》に対して必死で自分の無実を訴えていた。ここで自分の犯行を捏造《ねつぞう》するという事は、それは本当に自分が殺していた場合よりも、ずっとずっと許されない裏切りなのではないだろうか。

美咲《みさき》は覚悟《かくご》を決めると、自分が見た事を、ありのままに全《すべ》て話す事にした。


「子供、ねエ」

美咲の話を最後まで聞いて、ギータルリンは静かに目を閉じる。

――やはり信じて貰《もら》えないのか。

美咲は絶望的な気分で目を伏せるが、東区画の支配者は再び椅子《いす》を回しながら言葉を紡《つむ》ぐ。

「君の嘘《うそ》と俄《にわ》かには信じがたい現実はフィフティーフィフティ。五分五分ですかネ。それならば――こちらには君の事を信じてる人がいるだけでも――話を聞く価値はあると思うネ」

回りくどい言い方だったが、要するに『信じない事もない』という事を言っている。それを理解し、美咲と——横にいた潤の顔に希望の色が浮かび上がる。

「まあ、そんなのは建前《たてまえ》でしてネ。実際は五分五分どころじゃない。その銃《じゅう》を仕入れているのが金島銀河《かなしまぎんが》って奴《やつ》だとしたら——君みたいなのを雇うメリットが無いしネ。それならば、ストリートチルドレンでも雇った方がいいというものだヨ」

何かを考えるようにこめかみを押さえていたが、その手を離すと、椅子から勢い良く立ち上がる。

「ま、そちらはこっちの情報屋を通じてあたってみようかネ」

——疑いが——晴れた？

「あ、もちろん調べるってだけね。君が犯人って可能性は相変わらず残ってますヨ」

「そんな……」

美咲が気落ちするよりも先に、潤が抗議の声をあげる。護衛部隊の隊長としては甘過《あま》ぎる性格なのかもしれないが、所詮《しょせん》はジャンケンで決めた隊長であり、護衛部隊の部下達も特に非難めいた視線を向ける事はない。

部隊長の抗議を聞き流しながら、ボスは淡々と今後の方針について語り出した。

「つまりネー。疑いが晴れるまで、君から監視を解く事はできないけれど、もしかしたら君はその子供達に狙《ねら》われている可能性もあるわけだヨ。ぶっちゃけ、そこを返り討ちにして捕まえるのが一番てっとり早いわけだ」

ギータルリンは椅子《いす》に座り直し、自分の体を、またクルリと回転させる。

もはや諦《あきら》めがついたのか、張《チャン》もいちいち蹴《け》り倒すような事はしなかった。

「それで、ネ。幹部の一人がやられたもんで、皆びびってさ。何もできないでいるんだよ。

……まあ、仕事の多くはメールと電話でどうとでもなるし」

ボスが何を言っているのか摑《つか》めず、護衛部隊の面々《めんめん》は互いに顔を見合わせる。

「つまりだネ、外に出ないから——自然と仕事が減ってるんだよネ」

ギータルリンは悪戯《いたずら》を思いついた子供のように笑うと、部屋の中の面々を見回した。

「うちの——護衛部隊はサ」

△
▼

夜　東区画　地上部——路上

『島』に夜が訪れる。

闇《やみ》に包まれた海上に、華麗《かれい》な夜景を生み出す筈《はず》だったこの島だが——その点だけは、僅《わず》かながらとはいえ、予定通りに事が運んだと言えよう。

この街の電力は、『島』の周囲を取り囲むように立てられた、自家発電用の巨大な風車——

あるいは、太陽光や潮流を利用した発電機の類《たぐい》から盗《ぬす》むという形で供給されている。足りない分は自分達で持ち込んだ自家発電機で賄《まかな》って、下手《へた》をすれば本土よりも効率の良い（犯罪ではあるが）生活を送っているという事もできるだろう。

建築中のビルや違法増築の数々には、うっすらとした蛍光灯の明かりが灯《とも》っている。その合間には、蛍光灯の代わりに使っている裸電球やハロゲンランプの光が、街のいたるところで激しく輝いている。

白く光る島の表面を、自己主張の激しい光が点在する。

それはまるで――薄明かりに集まる、巨大な蛍《ほたる》の群れのようだった。

薄明かりに包まれた地上部の通路を、美咲《みさき》と共に二人の男が歩く。

「うちらの雇い主は、本当に暇人《ひまじん》だよな。そう思うだろセニョリータ。いやさミ・アモール。大丈夫、例え暇人のキマグレな頼みだろうが、君の事は全力で護るから。あとボク、炊事《すいじ》洗濯得意。家庭も護れるしっかり者だよ?」

美咲の家に帰る道を歩きながら、カルロスが微塵《みじん》の遠慮もなく軽口を叩《たた》く。

「俺《おれ》達の部隊に、護衛対象を口説《くど》く阿呆《あほ》がいるとは思わなかったな」

美咲を挟《はさ》んだ反対側で、張が苛立《いらだ》たしげに言った。

「オイオイオイ、『ボディ・ガード』の映画を見てないのか?」

「知るか」

「これだから、俗っぽい文化に毒されていない健全な市民は困る」

皮肉を紡《つむ》ぐカルロスに対して、張《チャン》は無言のまま睨《にら》みつけるだけだった。

剣呑《けんのん》とした雰囲気の二人に挟《はさ》まれて、美咲《みさき》は思う。

——やっぱり私は、運が無い。

ギータルリンの提案、いや、『依頼』により——美咲の身辺は、東区画の護衛部隊によって護られる事になった。

無論、容疑者に対する監視という名目で。

この島には警察も裁判所も無いので容疑者もへったくれも無いのだが——とりあえずそういう形で組織の人間達を納得させた。

この護衛には、殺された幹部の部下からの襲撃《しゅうげき》から護るという意味合いもある。

被害者の部下達は直前に現れた美咲を完全に疑っており、ギータルリンがまだ確定していない状態だから手を出すなと言ったところで、簡単には引っ込みがつかないだろう。

東区画は組織内の規制がゆるい為、西区画のように強固な一枚岩にはなっていない。

それは各人の判断が尊重され、柔軟《じゅうなん》な対応ができるという利点もあるのだが——こうした状況では完全にマイナスだ。

状況をギータルリンから聞かされて、美咲はますます絶望的な気持ちになった。

『私は先に行って様子を見てくるから』

潤《じゅん》はそう言っていたが、知り合いがこの場にいないというのは彼女にとって物凄《すご》いプレッシャーであった。明らかにカタギではないこの二人と一緒にいると、全く関係の無い事件にまで巻き込まれてしまうのではないか。そうした嫌《いや》な想像まで湧《わ》きあがってきてしまう。

そして——ただでさえ危《あぶ》ない状況だというのに、自分の護衛の二人は仲が悪そうだ。

喧嘩《けんか》するほど仲がいいとはよく言うが、この二人には果たしてその言葉があてはまるのかどうか。美咲には彼らの内面を推《お》し量《はか》る事はできなかった。

とにかく、何事も無く家に辿《たど》り着けばいいのだ。そうすれば何も問題は——

美咲がそう思った瞬間——自分の部屋のあるビルの方角から、激しいエンジン音が唸《うな》りをあげた。

バルルルルルル　バルルルルルルルルル

△

▼

時は、僅《わず》かに遡《さかのぼ》る。

美咲達より先に目的地へと向かった潤。

彼女は友人の住むビルの前に立ち、その外観を見上げてみた。

コンクリートの土台の上に、様々な資材で立てられた違法建築が積み重なっている。ガレキの山を無理矢理ビルの形にしたという雰囲気だが、周囲を歩く人間達を見ても、それほど治安が悪いとは感じない。

ここの最上階に存在する美咲《みさき》の部屋。そこに向かって、潤《じゅん》はビルの中へと入り、狭《せま》い階段を上り始めた。

一歩一歩慎重《しんちょう》に踏みしめながら、潤は過去の事を思い出す。

この島に来て、今のボスである青年に拾われたとき——彼女には、友達と呼べるものはチェーンソーしかなかった。

工事現場に捨てられていた、小さな小さなエンジン式の回転鋸《のこぎり》。

エンジンの中に家族の面影《おもかげ》を見出して彼女は、チェーンソーを決して放そうとしなかった。

エンジンの音を聞いていると、まるで自分の内側から命が湧《わ》き上がってくるように感じた。その振動を手に持つと、自分がそのエンジンを操っているような気さえした。

実際には、自分の方がエンジンの音に操られているのだが。

彼女自身も、それは理解している。しかし、それでいいとも思っている。

『島』で暮らす事を決めた以上、住人達は皆、各々の生き方を見つけていかなければならない。それができない者は、最下層を通り越して海の奥深くに沈む事となるだろう。

今の護衛という生き方も、彼女が自分で選んだ生き方だ。

それを決めた時も、彼女は銃《じゅう》やナイフを持つ事は拒《こば》んだ。彼女はあくまで、手元に持てるエンジン──チェーンソーにこだわり続けた。

ギータルリンも最初は渋《しぶ》っていたが──根負けした彼は、彼女に二台のチェーンソーを贈る。

潤の力でも片手で扱える、長さと比べて信じられない程の軽量化を果たした最新型のモデルであり──片手でエンジン始動から回転数の変化までこなせるように改造された特注品だ。

その瞬間から──彼女の『今』が確定された。

二つのチェーンソーを操り、悪魔のような笑いを浮かべて敵を切り刻む東区画の魔女。

そんな風評が流れ、彼女に近づくものは殆《ほとん》どいなくなった。

護衛部隊の仲間達は、異常な性格をした彼女に対しても平気で接してくるが、それ以外の人間──彼女と同年代の人間などは、最初から近づかないか、仲良くなっても、チェーンソーを振るう潤の姿を見て離れて行ってしまう。

──友達なんか要らない。私には、護衛部隊の人達とチェーンソーさえ、エンジンさえあれば──

心の中でそんな事をうそぶいていた時、潤の前に一人の娘《むすめ》が現れた。

八十島《やそじま》美咲。最初に彼女をカジノ強盗《ごうとう》から助けた時には、彼女も他《ほか》の人間と同様に、チェーンソーを振るいながら笑う自分を恐れた事だろう。

潤《じゅん》はそう思っていたのだが——その美咲《みさき》という娘《むすめ》はよほど運が悪かったのか、何度も何度も何かの事件に巻き込まれ——その度に、潤の手によって助けられ続けた。

美咲にとって、潤はまさしく英雄だった。

だからこそ——美咲はチェーンソーを持った潤の本性を知りながらも、何の躊躇《ためら》いも無く友達でいてくれた。

それは、潤にとって純粋に嬉《うれ》しい事だった。

それまでは、エンジンこそが自分の世界であり、全《すべ》てであると思っていた彼女の中に——、初めて、人との繋《つな》がりという名の原動力が現れたのだ。

美咲の為なら、自分は安心してエンジンに火を灯《とも》す事ができる。

喜んで悪鬼《あっき》にも魔女にもなる事ができる。


だからこそ——彼女は今、この瞬間。

なんの迷いも無く、両手のエンジンに火をつけた。

ようやく上りついたビルの最上階。

美咲の部屋の通路の前で——一人の男が、ドアの前にしゃがみこんでいる。

そのドアは確かに美咲の部屋のドアで、その男は鍵の部分に針金を入れてひたすらカチャカチャと音を立てている。

「……」

ピッキングしている事は明らかだった。

男がようやくこちらの存在に気付き、二人の視線が交錯《こうさく》する。

その瞬間――

狭《せま》いビルの中を、チェーンソー二台分のエンジン音が支配した。

△

▼

バルルルルルル　バルルルルルルルルル
「な、何⁉」

美咲は体をビクリと震わせるが、その音に聞き覚えがあることに気が付いた。

「あれは……潤の……チェーンソー？」

彼女がそう呟《つぶや》いた瞬間、ビルの中から情けない悲鳴が響いてきた。

「ひゃぁぁぁあああぁッ！」

美咲の住むビルの入口は、既《すで》に視界に入っている。その入口から――一人の男が血相を変えて飛び出してきた。

男はまだ若く、20代半ばといったところだ。男は派手《はで》なアロハシャツを羽織《はお》っており、薄汚《よご》れた周囲の風景の中で、原色系の色彩がくっきりと浮かび上がっている。

男から少し遅れて、潤《じゅん》がビルの屋上に姿を現した。

「何であんな所に――」

美咲《みさき》がそう呟《つぶや》くのとほぼ同時に、潤がその屋上から飛び降りた。

「……え。えぇぇッ!?」

なにが起こったのか理解できずにいる美咲の眼前で――潤は、更に理解しがたい光景を生み出した。

潤はチェーンソーを違法建築の壁――トタンなどを無理矢理壁代わりにした部分に突き刺した。まるで豆腐《とうふ》を斬《き》る包丁《ほうちょう》のように、何の抵抗も無くチェーンソーの刃《やいば》が壁に染《し》み込んでいく。

刹那《せつな》、鋸《のこぎり》の激しい切断音が周囲に響きわたり、ビルから飛び出してきた男も、何事かという表情で立ち止まる。

壁によって支えられたチェーンソーと潤の身体《からだ》。

回転するチェーンソーは少しずつ壁を切り下ろし、まるでエレベーターのように真《ま》っ直《す》ぐ下へと降りてくる。

コンクリートの部分が近づくと、潤はもう片方のチェーンソーを近くの木の壁へと突き刺し、足で壁を蹴《け》りながら、ツギハギのようなビルをロッククライミングのように下ってくる。

そして——彼女はついに、無傷のままで地上へと降りたった。

「……相変わらず常識の無い女だ」

「そこが素敵《すてき》なんじゃないか」

張《チャン》とカルロスは、いつもの事だとばかりに呟《つぶや》きあうのみで、美咲は呆《ほう》けた顔をしながら『あの壁直すの、やっぱ潤の給料から引かれちゃうのかな』などという事を考えていた。頭が混乱して、それ以上の事が思い浮かばなかったのだ。

「うあぁぁあッ!?」

アロハシャツの男は、突然真後ろに降り立ったエンジン音に悲鳴を上げると、振り返る事もせずに逃げ出した。

対する潤も、鋭いエンジン音を伴い、両手にチェーンソーをぶら下げながら、低い姿勢で走り出す。その動きは非常に滑《なめ》らかで、ゆったりとした動きに見えるが、全力で走る男との距離が徐々に徐々に縮まっている。

緩慢《かんまん》な動作で動いている怪物が、逃げ惑う被害者にいつの間にか追いついている。そんなありがちな光景を思わせる。追っ手の両手にチェーンソーが握られいているのならばなおさらだ。

スプラッター映画のワンシーンのような光景を前に、美咲は何をすればいいのか解《わか》らずに立ちすくみ――張《チャン》とカルロスは、既《すで》に行動を開始していた。

カルロスは腰から銃《じゅう》を引き抜くと、こちらに向かって走る男に向けて狙《ねら》いを定めた。

拳銃《けんじゅう》を横にして撃ちそうな雰囲気を持つカルロスだが、両手で銃を握り、安定感のある構えで男を狙う。

アロハの男は後ろばかりを気にして、カルロスが銃を構えている事に気付いていない。好き勝手に増築された建造物の間の狭《せま》い路地を、こちらに向かって一直線に駆《か》けてくる。

この『島』の環境から、住人達は底の厚い登山靴の類《たぐい》を履《は》く事が多い。アロハの男もそれに漏《も》れず、靴底のゴムが2センチ近くあるタイプの物を履いていたのだが――

その靴底の爪先《つまさき》の部分に―― 銃弾《じゅうだん》がめり込んだ。

「なあッ!?」

アロハ男は思い切りバランスを崩し、そのまま前につんのめってしまう。

美咲《みさき》の横では、カルロスの持つ銃のバレルから白い煙が噴出《ふんしゅつ》している。カルロスは男の体自体を狙ったのではなく、潤《じゅん》から逃げる怪しい男の足元――男が地面を強く踏み込む瞬間に合わせて、靴底の部分だけを狙い撃ったのだ。

距離が近かったとはいえ、動いている標的に対して物凄《すご》い技術が発揮された。しかし当のカルロス本人は特に緊張した様子も無く、冷や汗一つかいていない。

一方のアロハ男は、何が起こったのか判《わか》らないといった表情で、呆気《あっけ》に取られたまま口をパクパクとさせている。

両手をばたつかせながら、前のめりに倒れかけたその先に――張の豪腕《ごうわん》が迫っていた。

いつの間にか距離を詰めていた張が、手前に倒れてくるアロハ男の首に右腕をひっかけ――ラリアットの要領で、男を宙に高く吹き飛ばす。

「――ッ!」

悲鳴を上げる間もなく、アロハ男の体が元来た道へと弾《はじ》き戻され、背中から地面に叩《たた》きつけられてしまった。

そして、そこに待っていたものは――

バルルルルルルルルル
仰向《あおむ》けに倒れた男の世界が、エンジン音に埋め尽くされる。両手にチェーンソーを構えた若い女が、男の頭の傍《かたわ》らに膝《ひざ》をつけた。そして、チェーンソーを止めないまま、真上からアロハ男の事を見下ろした。

前髪に隠れていた目が、真下を向くことによってアロハ男の目線の上に晒《さら》される。

僅《わず》かに釣《つ》りあがった目の中で、瞳孔《どうこう》が開いた瞳が爛々《らんらん》と輝いている。その瞳の中には激しい狂喜の色が浮かんでおり、まるで、ここことは違う世界を見ているような――

「ウフフ……アハハハハッ！」

潤《じゅん》の口から狂気めいた笑いが漏《も》れるが、全《すべ》てはチェーンソーのエンジン音の中に吸い込まれていく。

「ねえねえねえねえ、どうして？　どうして貴方美咲《あなたみさき》の部屋に忍び込もうとしてたの？　どうして私に声をかけられて逃げたの？　ねえねえねえ」

少女の両手には、エンジンの掛かったチェーンソーがそれぞれ一本ずつ握られている。チェーンソーの二刀流状態になっている彼女は、両側からステレオで響くエンジン音に、すっかりテンションがハイになってしまっているようだ。

「ねえねえ、教えてよ教えてよ！　敵？　貴方、敵なの？　敵なんですか？」

バルルルルルルルルルル
「ちょ!?　何を言ってんのか全然聞こえな……ひ、ちょっと、たたた、助けて！　落ち着いてくださッ……」

アロハ男の懇願《こんがん》は、エンジンの音に空《むな》しく吸い込まれてしまう。

バルルルルルルルルルル
それを解《わか》っているのかいないのか、潤は笑顔のままでチェーンソーを振りかざす。

「えー？　もうッ！　全然聞こえませんよう！」

ギャルルルルルルルルルル

そんな言葉も含めた、全《すべ》ての音がエンジンに打ち消される中——潤はチェーンソーの刃《やいば》をクルクルと回しながら、心の底から楽しそうに笑っている。

もはやテンションがどうこうという騒ぎではなく、チェーンソーを二本発動させた時の彼女は、まるっきりの別人であると言って良いだろう。

「あーあー！　潤ちゃん、またアッチにイっちゃってるよー！」

「あぁ!?　聞こえねえよ！」

轟音《ごうおん》の中でカルロスが呟《つぶや》くが、張《チャン》の耳までは届かない。

狭《せま》い路地の中で、反響するエンジン音はどんどん重なりあい、淀《よど》んだ空気のように周囲に積みあがり始める。このまま放っておけば、やがては音に色が付いて目に見えるようになってしまうかもしれない。そんな錯覚《さっかく》を起こしてしまいそうな程だった。

「ちょ、ちょっと潤、落ち着いて！」

流石《さすが》に見かねたのか、潤を止めに入ったのは美咲だった。

普通ならばチェーンソーを二本振り回す女に近づくような事はないのだが、美咲の場合は、今の状態の潤《じゅん》に何度も助けられている。初めて美咲《みさき》がカジノで人質《ひとじち》になった時——最初に彼女を助けたのは、今の状態の潤だった。美咲にとってそのインパクトは強烈で、後に普段の潤と会った時、同一人物だと気が付かなかったぐらいだ。

確かに最初は恐ろしくも感じたが、彼女にとって、狂喜をもって凶器《きょうき》を操る潤の姿は、諦《あきら》めかけた自分の命を救ってくれたヒーローなのだ。

だからこそ、彼女は潤を恐れずに接する事ができる。

「ねえ潤、潤ってば！　その人、一体なんなの？」

無論声は届かないので、彼女から見える位置で思いっきり手を振りながら叫ぶ。迂闊《うかつ》に背中をゆすったりしようものなら、振り向きざまに刻まれかねない。

「アハハハハッ——あッ？」

潤は視界の端《はし》に友人の姿を見つけ、チェーンソーを繰る手をピタリと止める。

「美咲——！　よかった、無事だったんだね！　今この怪しい奴《やつ》を——え？　何？　聞こえないよ！　ちょっと待ってね、今、音を小さくするから……」

エンジンの回転速度を徐々に落としながら、彼女の目に理性が取り戻され始める。

「……あれ？」

怯《おび》える小動物の瞳に戻った潤の顔に、風で舞い上がっていた前髪がフワリと被《かぶ》さった。

「……ぇと、これはその、違う、違うの、私、また興奮しちゃって……ごめんなさぃ……」

「何で謝るの?」

「だって……ほら……美咲の家の前でこんなに暴れたら……美咲に迷惑が……」

チェーンソーのエンジンを完全に切り、ゆっくりと立ち上がる潤。申し訳なさそうに俯《うつむ》いていると、美咲が笑いながらその背を叩《たた》いてきた。

「何を今更! 大丈夫だよ! 私、友達はあんたしかいないからさー、これ以上嫌われるもへったくれもないって!」

「それはそれで寂しい話だな」

「かわいそうに! じゃあボクが新しい友達、いや、ミ・ビーダになってあげよう!」

張《チャン》とカルロスの突っ込みを黙殺しながら、美咲は潤がチェーンソーを片付けるのを手伝ってやる。直接触《さわ》っているわけではないのに、刃《やいば》から放出される熱がとても暖かく感じられる。

「あ……危ないよ……」

「大丈夫だって」

そんな微笑《ほほえ》ましいやりとりを下から眺めながら——仰向《あおむ》けに倒れている男は独り言のように呟《つぶや》いた。

「た、助かった」

そして、そのまま気付かれないように立ち上がって逃げる——のは、当然無理だった。

「いや、助かってないから」

かった。


「むしろ、地獄《じごく》を見るのはこれからだ」

カルロスと張《チャン》に両脇《わき》を抱《かか》えられ――アロハシャツの男は、ただ苦笑を浮かべる事しかできなかった。

△
▼

最下層――某所《ぼう》

ライトの光に満ち溢《あふ》れているにも関わらず、人々に『薄暗い』という印象を与える。最下層とは、そういう場所だ。

そんな最下層の中でも、ライトの光が遠くからようやく届くような場所――

本当の意味での薄暗がりに包まれながら――数十人の子供達が、一人の少年を囲んでいた。

「……はい。大丈夫です。……はい、……はい」

白服の少年は虚空《こくう》を見つめながら、子供達の中心で携帯電話を耳に押し当てている。

子供達の顔には笑いが張り付いていたり、不安そうに口をつぐんでいたりと様々だが――少年少女、その全《すべ》ての子供達の瞳の中には、何の感情も浮かんでいない。

最下層に住むごろつき達でさえ、少年達の顔を見ると不気味《ぶきみ》そうな顔をして去っていく。

この島に住む子供達の中にも、当然保護者のいないストリートチルドレンは多数存在する。その多くはこの島に来てから親を無くした者達であり――いくつかのコミュニティも存在するが、『ラッツ』ほど目が死んでいる集団は稀《まれ》である。

最初からこの島で生まれ育った子供達も存在はするが、まだ『島』自体が若いため、彼らの中で10歳《さい》を越す者はまだ存在しない。

この『島』に捨てられた子供達。彼らはネジロの元で、ネジロに生き方を学ぶうちに――次第に、自分達で考える事をやめていった。

ネジロはいつも上手《うま》くやる。食料の調達から寝床の確保まで、ネジロに任せておけば全て上手くいった。親という教育者を失った彼らにとって、ネジロはこの街での生き方を教えてくれる教師であり、仲間でもあった。

そして彼らはこの町での生き方を覚える。

彼らが覚えた事はたった一つ。

『ネジロの言う事を聞いていれば、すべて上手くいく』

無論、最初はネジロに反抗的な者もいるが――時が経《た》つにつれ、そうした子供も思い知らされる。何のコネも持たない子供が、この島でただ生きていくという事が、いかに困難な道であるのか――。

そして彼らも悟《さと》る。

自分達にはネジロが必要なのだと。

そして、ネジロと違う考えを持つ子供達も、生きる為に仕方なく従っているうちに——次第に彼らは、考える事をやめていった。

それが、彼らが選んだこの島での『生き方』なのだから。

ネジロもまた、仲間達のそんな考えに気付いている。

だが——自分にとってはどうでも良い事だ。何も気にする事は無い。

ネジロ自身もまた、感情を押し殺しながら——余計な事を考える事を自ら閉じ込めながら、
ただ、淡々と自分の目的へと歩み続ける。

「解《わか》っています……『ラッツ』は、決して貴方《あなた》達を裏切りません。……ええ、時がくれば、金《かな》島《しま》なんかに用はありませんから」

そんな事を口走りながら、ネジロは虚空《こくう》を仰《あお》ぎ見る。

淀《よど》んだ空気を思い切り吸い込みながら、少年は——受話器に向かって告げる。

感情を極力押し殺した声で、だが、はっきりとした声で言葉を紡《つむ》ぐ。

「僕達は——『ラッツ』は、西区画に永遠の忠誠を誓います」

第4章
『護衛部隊』

夜――東区画　テーマパーク管理事務所

夜の9時を回ったテーマパークの中で、管理事務所だけが眩《まぶ》しい光を放っている。

過剰《かじよう》なまでに明るい蛍光灯の下、護衛部隊の面々《めんめん》が十人程揃っていた。

幹部が殺された一件から、夜だというのにかなりの人数が借り出されてしまっており、全員が集合するのは難しい状態となっていた。

それでも十人以上残っているのは、アクの強い彼らの事を嫌っている幹部も多く存在し、そうした輩《やから》は独自に護衛をやとったりして済ませているからだ。

確かに東区画の護衛部隊は曲者《くせもの》が多く、潤《じゆん》のような二十歳《はたち》前の娘《むすめ》が仕切っているのも――それ以前に、ジャンケンで隊長を決めているという点も大きな問題点の一つだ。

確かに、傍《はた》から見ればふざけている以外のなにものでもないだろう。

ある幹部は言う。

この部隊は東区画のボス（ギータルリン）の道楽で作られた組織で、実際には何の権限も力も持ち合わせていないのだ。ボスの本当の護衛はいつも一緒にいる二人の女で、二人とも海外の裏組織の人間なのだと。


別の幹部は言う。

この部隊はそこそこに腕の立つ中から、ひたすらに派手《はで》な人間ばかりを集めているだけであり——島民の人気を得る為のマスコット的存在なのだと。


カジノの支配人、稲嶺光《いなみねひかり》は言う。

ああ、あいつらは頼りになるよ。何度助けられたか解《わか》りやしねえ。殺し合いも含めて——あいつらは純粋に喧嘩《けんか》が強《つえ》えんだ。……ただ、喧嘩が強えって事と護衛の才能は別問題だとは思うがな。まあ、あいつらの事を一言で言うなら——色物《いろもん》だよ、イ・ロ・モ・ン。


西区画の幹部は言う。

——東区画の護衛部隊について話す事？　何も無いわ。

街の子供達は言う。

あの部隊は凄《すご》い殺し屋の集まりで、東区画の邪魔者《じゃま》を次々に殺して回っているのだと。『生ける都市伝説』であるジョップリンが、実は護衛部隊の影の隊長なのだと。そして島内最強最悪の殺人鬼、雨霧八雲《あまぎりやくも》と戦い続けているのだと。

東区画のラーメン屋の親父《おやじ》が言う。

「あぁ、東の護衛の連中か？　護衛っつーか、何でも屋だろあいつらは。ぐにゃぐにゃ折れ曲がった奴《やつ》らばっかだが、真ん中には切れねえ芯《しん》が通ってる。そんな連中だな」

「あと……あいつらん中で金をまじめに払うのは、うちの隣に住んでる砂原《さはら》だけだ。残りの奴あとっととツケ払え馬鹿野郎《ばかやろう》……っつっとけ」と。

護衛部隊に対するイメージは人によって様々で、出会った時の状況によって大きく印象が左右されてしまうようだ。

東区画のトップである男は、そうした様々な意見を聞くたびに『合ってるとこもあるし、間違ってるとこもあるようだけどネ』と言ってヘラヘラと笑う。

個性を重んじる性格の男が作った組織。それを護るべく作られた護衛部隊。アクの強いこの『島』で、アクの強い組織を護る為に集められたのは——その全《すべ》てを上から包み込むような、最高級にアクの強い人間達だった。

△
▼

「土海大地《つちみだいち》、26歳《さい》。独身、と」

アロハシャツの男を前に、張《チャン》が首をコキリと鳴らしながら確認する。

「あの……独身は関係ないんじゃ……」

「黙れ」

尋問《じんもん》の相手であるアロハ男——土海大地の意見を、張は相手の方を見ることすらせずに切り捨てた。

「で、お前がその——なんだ、連絡係だったわけだ」

「はい……」

キャスター付きの椅子《いす》に、大地の胴体が荒縄《あらなわ》で大雑把《おおざっぱ》に巻きつけられている。かと思うと、後ろに回された手の親指同士が麻紐《あさひも》できつく縛《しば》られている。縄抜けのプロでもなかなか抜け出せないという縛られ方で、荒々しい中にも芸の細かさが見受けられる。

「ガキの集団か……鼠《ねずみ》たぁふざけた名前をつけたもんだよね」

カルロスは少し離れた壁に背を預けながら、横にいる潤《じゅん》に声をかける。潤は先刻からの尋問の内容を思い出して、暗い気分になって俯《うつむ》いた。

──構成員の殆《ほとん》どが15歳に満たない集団、『ラッツ』。ストリートチルドレンまがいの少年少女が、ここ最近の連続銃撃事件の犯人である。

最初は俄《にわ》かに信じられなかったが、アロハ男の反応を見るに、どうやら事実とみて間違いないらしい。

美咲《みさき》の家の前で捕まえたこの男は、金島銀河《かなしまぎんが》という男の部下であり、金島と『ラッツ』の間を取り持つ連絡係をまかされていたそうだ。

とりあえず尋問をしようと連れてきたのはいいが、彼は椅子に縛り付けられるやいなや『お願いします何でも喋《しゃべ》りますから命だけは命だけは命だけはぁぁぁ！』と喚《わめ》きだしたので、尋問の手間が大きく省《はぶ》ける事となった。

金島銀河。

もともとこの島に出入りしていた男であり、小火器を中心とした武器の売買を生業《なりわい》としているそうだ。

駆《か》け出しの頃は、この『島』で手に入れた武器を本土に運び、そこで様々な人間を相手に利益を上げていたのだが――現在では逆に、島の外部――海外などから密輸した銃器《じゅうき》を、この島で捌《さば》いているという方向に変えたらしい。

本来ならば、『島』の銃器の流通は西と東の各組織が仕切っており、その許可なくして売買を行う事は、暗黙の了解として禁止されている筈《はず》だ。

それを行っている時点で、各組織を――つまりは『島』を敵に回しているという事なのだが、金島《かなしま》という男はそのリスクを負ってまで――大した利益が上がるとも思えない行為に手を染めているのだという。

「で、お前はその――何だ、連絡係だったわけだ」

「……はい」

尋問もあらかた終わり、張《チャン》は意地悪げに同じ質問ばかりを繰り返している。

アロハシャツの男――大地《だいち》は金島の一味の下《した》っ端《ぱ》で、主に他《ほか》の組織との連絡など雑用に使われているのだと言う。自分から下っ端と言った時に、疲れたように笑っていたのが印象的だ。

この男に口を割らせる為に、張は様々な拷問《ごうもん》手段を頭の中に思い描いていたのだが――椅子《いす》に縛《しば》り付けた途端《とたん》に命乞《ご》いをする始末だ。

「下っ端の上に忠誠心も無し。最低だな、手前《てめえ》は」

「俺《おれ》は――金島さんには世話んなってますけど、あのガキどもには俺も参《まい》ってて……あいつら、不気味《ぶきみ》で不気味でしょうがないんですよ！　何を考えてるかわからないし、俺の事も見下すし馴《な》れ馴れしく名前で呼ぶし」

子供達の目を思い出したのか、大地はガタガタと震えながら目を伏せた。

その様子を見ながら、潤《じゅん》が一歩前に出る。実際に家に怪しい男がいた以上、美咲《みさき》を一人で家に残すのも不安なので、美咲には現在事務所の仮眠室で休んでもらっている。

「……ええと……話を纏《まと》めましょうか……」

隊長である潤がおずおずと意見を述べ、部屋中に散っていた部隊員達が大地の周りにゾロゾロと集まってきた。

カタカタと震える大地に対して、張は皮肉げに笑いながら追い討ちをかける。

「そうだな、こいつをどうやってぶっ殺すかは——それから決めるとしよう」

要点を纏めると、現在この島に起こっている事態は次のようになる。

・金島銀河《ぎんが》が、新型の銃《じゅう》を外から『島』に持ち込んでいる。

・その銃を『ラッツ』と呼ばれるストリートチルドレンの集団に持たせ、東区画と西区画の組織の人間達を襲撃《しゅうげき》させる。

・『ラッツ』は五十人ほどおり——街の各地に銃を持ったまま散らばり——それぞれが、組織の人間が一人になった瞬間を狙《ねら》って襲撃する。犯行時間がバラバラで、偶発的に一人になった瞬間さえも狙われた背景にはこうした事実がある。

・だが――今日の夕方、東区画の関係者である八十島美咲《やそじまみさき》に犯行を目撃され、あまつさえ銃《じゅう》の一つを持ち逃げされてしまう。その事実を伝えられた金島《かなしま》はカジノの従業員を調べ、金島は一人の女に目星《めぼし》をつけた。それが美咲だ。
・そして、下《した》っ端《ぱ》である大地《だいち》が、様子を見て、場合によっては銃を無理矢理奪って来いという命令を受けたのだが――八十島美咲の家には、恐ろしい怪人、チェーンソー女がいた――

「……そして、このマヌケがここでこうして縛《しば》られてるってわけだ」

状況を確認すると、張《チャン》はため息をつきながら椅子《いす》に腰を落とす。

他《ほか》のメンバーも思い思いの表情になって、今後の動きをどうするべきか頭を巡らせる。

「しかし、やっかいだねぇ。子供を片《かた》っ端《ぱし》から撃つわけにもいかないだろ。いや、ボクは別に子供を撃つのはＯＫだけど、無実の子供を間違って撃っちゃったらもう目も当てられないでしよ、最悪でしょ、女の子に嫌われちゃうでしょ」

「こっちから攻める事はできねぇが、『ラッツ』はゲリラ的存在で、一方的にこちらを攻撃してくる……つまり俺達《おれ》は、来た奴《やつ》らを迎え撃つ事しかできねえってわけだ」

カルロスと張はそれぞれ独り言のように呟《つぶや》いて、一瞬の間を置き、二人同時に笑ってみせる。

「面白《おもしろ》いじゃない」

「これは――俺達に対する挑戦って奴だな」

危険な状況を明らかに楽しんでいる二人だったが、潤《じゅん》以外の面々《めんめん》は大抵同じような表情になっている。

彼らの多くはこうした状況を望んでこの島にやって来た存在であり——その中でも、実力を伴った上で頭のネジが外れているような人間ばかりなのだ。

「皆さんはいいでしょうけど……狙《ねら》われてる組織の人達の事も考えましょうよう……」

そういう意味では、臆病《おくびょう》ながらも冷静でいられる潤がリーダーなのは正しい選択なのかもしれない。


——無論、チェーンソーを持たない間だけの話だが。


「でも……私達、まだ肝心《かんじん》な事を聞いていませんよ」

潤は自信の無い声で呟《つぶや》いて、縛《しば》られたままの大地《だいち》に向かってゆっくりと顔を向ける。

「その、金島《かなしま》っていう人の——動機は何なんですか？」

重要な問いかけに、大地は暫《しばら》く顔を背けていたが——張《チャン》が指をコキコキと鳴らすと、全身をビクリと震わせて、ゆっくりと答えを吐《は》き出し始めた。

「……金島さんは——この島を潰《つぶ》そうとしているんです」

「んなこた解《わか》ってるんだよ。だからなんでだって聞いてんだ」

「……言っても、俄《にわ》かには信じられませんよ。私だって、最初は耳を疑いましたから」

遠まわしな事を口にするが、真剣な顔つきで向かい合う潤の顔を見て、大地は大きく息を吸い込んだ。

「――復讐《ふくしゅう》。ですよ」

「……復讐？　この島に……？」

「いいえ――復讐するのは、この島にいる、ただ一人の男です」

金島銀河《ぎんが》は、数年前に一度『島』を離れて、とある組織との取引を続けていた。何かの思想を持った過激派の集団だったが、関東のとある廃工場をアジトとした彼らに、様々な武器を提供し続けていたのだそうだ。

最初はビジネスだけの付き合いだったが、何度も取引を交わすうちに、両者は徐々に信頼し合えるパートナーとなりつつあった。

だが――そんなある日、一人の警官にアジトを発見されてしまい、激しい銃撃戦《じゅうげき》が行われ――仲間達は全員逮捕され、金島は一人逃げ延びたが、その際に警官に手を撃たれてしまった。

すぐに治療すれば問題ない筈《はず》だったのだが――警察の目をくぐりながら闇《やみ》医者を探すまでに時間がかかってしまい、腐《くさ》り始めた手首から先を切断する羽目《はめ》になってしまった。

そして彼は復讐を誓う。仲間を逮捕した警官に、自分の利き手を奪った警官に、あらゆる手を尽くして報いを受けさせてやろうと。

「まず、金島《かなしま》さんはある男に拳銃《けんじゅう》を提供しました。……実はその銃撃戦の際に、たまたまそこにいた女の子に警官の流れ弾が当たってしまって……死んでしまったんです。それを知った金島さんは——その少女の父親に、拳銃を渡したんです。後は酷《ひど》いものですよ、少女の父親は、謝罪に来た警官とその上司《じょうし》に発砲。上司の方だけ死んで、その警官は生き残りました」

淡々と語られる大地《だいち》の言葉に、潤《じゅん》は言葉を失い、張《チャン》とカルロスは反吐《へど》を出しそうな顔で聞いている。その他《ほか》の面々《めんめん》は、やはり同じような表情をしていたり、あるいは『そんなの大したこと無いじゃん』といった表情をしていたりと様々だ。

「その警官は、警察を辞めた後——逃げるようにしてこの『島』にやって来たそうです。金島さんは驚いたそうですよ……行方《ゆくえ》の知れなくなったその警官を探し続けて、諦《あきら》めかけて『島』に戻って来てみれば……その男がこの島にいたって言うんですからね。その男の名前までは聞かされてませんけど、金島さんはその男に復讐《ふくしゅう》する事を再び決意したんだそうです」

「あれ？　ちょっと待ってよ。それとさ、うちや西の構成員を殺すのとどういう関係があるっていうのさー。まさかその警官がうちのボスとか西の嬰大人《エイターレン》だってオチはあり得ないよ？」

カルロスは当然の意見を口にするが、大地は目に暗い影を灯《とも》しながら首を横に振る。

「そうじゃないんです……金島さんは、その男にできるだけの苦しみを与えたいそうなんです。

その男がこの『島』に逃げて来たのなら、この島で新しい生活を手に入れようとしてるのなら――」

大地はそこで息を大きく吸い込み、潤の顔をまっすぐ見ながら言葉を紡《つむ》ぐ。

「――この『島』自体を、壊《こわ》してやるんだと――」

ゾクリ

それを聞いた瞬間、潤の背中に何かが走った。

言葉の意味を理解すると同時に、全身の神経を何かの感情が通り抜ける。

「この島を……壊す……?」

大地の言葉を反復しながらも、彼女の中でその感情は膨《ふく》らんでいく。

「おいおい、それってちょっと飛躍しすぎなんじゃない? 何? その金島って奴《やつ》、電波系? それとも名前の通り銀河《ぎんが》系? 頭の中に銀河から何か受信しちゃってるの?」

「こらアロハ、お前適当な事言ってんじゃねえだろうな」

カルロスと張がそれぞれ大地に問い詰めるが、彼の瞳は真剣そのもので、嘘《うそ》をついているようには思えない。そもそも、この状況で嘘をつく理由が思いつかない。

押し黙る仲間達の声を聞きながら、潤は静かに立ち上がる。

立ち上がりながら、自分の心の中に湧《わ》き起こった感情の正体を確認しようとする。

逆恨《さかうら》みも甚《はなは》だしい動機に対する怒りだろうか、自分がそんな下らない事に巻き込まれている悲しみや悔しさの類《たぐい》だろうか。

それとも――この『島』を失うことに対する、恐怖なのであろうか。

潤《じゅん》はこの『島』の中では最古参《さいこさん》の一人だ。

ギータルリンに拾われ、東区画という組織体系ができたときから、彼女はこの島の住人であり続けた。

父が死んだ島。父を殺した島。父と一つになった島。

彼女はただ、その島の行く末を見守りたいだけだった。

だが――次第に彼女は気が付き始める。自分が本当に望んでいるのは、この島を見守るだけではない。本当に、この島を害するあらゆるものから護ろうという事なのではないだろうかと。

父を巻き込んだエンジンは、まだこの島の中心で動き続けている。

自分の父親は――エンジンと共に、まだこの島に生きている。

だからこそ、エンジンを止めてはいけない。

この島を、護らなくてはいけない――

その思いが募《つの》り――彼女はやがて、東区画の護衛部隊に志願した。

各地より集められた他《ほか》の面々《めんめん》とは違い――心の底から、『この島を護る』という確固たる決意を持って――

「……行って来ます」

完全に立ち上がると、潤は淡々とした様子で張《チャン》達に告げた。

その目にはいつもの怯《おび》えた光は無く、虚《うつ》ろな色の中に強い意志のようなものが込められている。

「……どこへ行く気だよ」

「え……その……金島《かなしま》さんって人の所に……」

「どうやって？」

「あ……」

張の冷静な突っ込みに、潤は幾ばくかの冷静さを取り戻す。彼女の異常に気が付いたのだろう、いつものように激しくののしるような真似《まね》はしない。

「しかし……その金島って奴《やつ》をとっつかまえるにゃ、義手《ぎしゅ》の奴を片《かた》っ端《ぱし》から連れてくりゃいいわけだ」

「無理ですよ。今の義手は性能がいいですから……金島さんの奴は最高級ですからね、普通に触《さわ》っても解《わか》りませんし、継《つ》ぎ目も凄《すご》く解り辛《づら》くなっています。おまけに、指まで普通に動かせるんですから」

ＳＦ映画のサイボーグのような話だが、『島』の中にはそれだけの技術を持った義手《ぎしゅ》職人は居ない。恐らくは、本土か外国で手に入れた義手なのだろう。

駄目《だめ》かと舌打ちする張《チャン》に対し、カルロスが不思議そうに口を挟《はさ》んできた。

「何でよ？　その大地《だいち》って奴《やつ》に案内させりゃいいじゃん」

「手前《てめえ》はさっきの俺《おれ》の尋問《じんもん》を聞いてなかったのか！　金島《かなしま》と『ラッツ』の餓鬼《がき》共は決まったアジトを持ってねえから、電話で連絡して向こうから連絡場所を指定してくるから、こっちから会いに行くのは無駄《むだ》だってよ！」

「あ、そうなの？　じゃあさ、こっちから連絡して、会いたいって言えば……」

その意見には、大地が泣きそうな顔になりながら首を振る。

「さっき電話したんですけど……金島さん、電話を切ってるんです。多分、私が捕まったことに、もう気が付いているんだと思います……」

打つ手なしかとばかりに、カルロスがオーバーリアクションで両手を挙げる。

それを合図に、張が腕をゴキゴキとならしながら立ち上がった。

「さて……じゃあもう、こいつ殺すか」

「なッ……！　そんな！」

にこやかに言い放たれた死刑宣告に、大地は目を見開いて喚《わめ》き始める。

「ちょッ！ ちょっと！ 話が違うじゃありませんか！」

「だってよ、もう手前は用済みだし……」

無表情で告げられたその言葉に、大地は言葉を失ってもがき始めるが——

彼にとっての救いの言葉は、荒くれ者達の隊長から発せられる。

「張さん、駄目《だめ》」

「……解《わか》ってるよ、冗談《じょうだん》だって」

張の腕を掴《つか》んだ潤の目は、完全に落ち着きを取り戻しており——それでいて、いつもの怯《おび》えた様子も見受けられない。『島』を取り巻く現在の状況が、彼女に気弱な思いを浮かべる暇も与えないのだろう。

「あの……他《ほか》になんでもいいんです。知っている事があれば教えて下さい」

真剣な顔つきで尋ねる潤に対して、大地はなんとか落ち着きを取り戻し——暫《しばら》く考えた後に、おずおずと口を開く。

「あの……『ラッツ』のリーダーのネジロって奴なんですけど……」

「はい」

ネジロという名前は、潤も尋問の最中に聞いている。今日、東区画の幹部の一人を殺し、美《み》咲《さき》によって目撃された白い服の少年だ。

「そいつは、明日は単独でこの東区画のボスを狙《ねら》うって言ってました……あの……その……明日、カジノのオープンじゃないですか、その中に単独で潜入《せんにゅう》して、それで隙《すき》を狙《ねら》うって……」

「そういう事は最初に言え馬鹿野郎《ばかやろう》！」

張《チャン》の怒鳴《どな》り声に、大地《だいち》は身を震わせて悲鳴をあげる。

「ちょ、張さん、落ち着いて下さい！」

怒れる大男をなだめながら、潤《じゅん》はその続きを促した。

「あ、あいつはいつも何人かの仲間を連れて仕事をするらしくって……用心深い奴《やつ》ですから……でも、でも、その仲間も、俺《おれ》なら——俺なら関係の無いガキと見分けを付ける事ができます」

それは、さっきの尋問の最中には出てこなかった事実だ。

「俺が見分けます。俺が居れば見分けられます！　だけど……それをやったら、いや、もうこの時点で俺は完全な裏切り者です。……だから、あのガキどもを見分ける代わりに——護衛部隊の人達にお願いしたいんです……俺を、俺をあのガキどもや金島《かなしま》さんから護って下さい！」

それは、あまりにも虫のいい話だった。

だが、もしもその五十人からなる『ラッツ』の子供達を、確実に見分ける事ができるのならば——この大地という男には、それだけで潤達にとって存在価値がある事になる。

つまり――この大地という男は、この最高のタイミングまで自分の交渉カードを隠し持っていたという事だろう。

「こいつ、意外としたたかだね」

カルロスは笑い、張は憮然《ぶぜん》とした表情でアロハの男を見下ろしている。

潤は、彼の提案に対して少しだけ考え込み――

口元にやわらかい笑顔を浮かべながら、優しい声で呟《つぶや》いた。

「ジャンケン、しましょうか」

「――へ？」

呆《ほう》けた顔をする大地を前に、彼女は相手の縄《なわ》をほどいてやった。

「この部隊は、ジャンケンで隊長を決めるんです。私はそうやって決まった隊長です。だから、その私と――ジャンケンしましょう。三回勝負で、私に勝ったら――貴方《あなた》の事、護ってあげます。貴方が負けたら――東区画の幹部の人達に貴方を引き渡して、その人達に判断をして貰《もら》います」

一見優しいように見えて、実に酷《こく》な二択だった。仲間を殺された幹部の面々《めんめん》が、金島の仲間であるこの男をやすやすと見逃すとは思えない。ギータルリンだけならともかく、他《ほか》の幹部達が黙っていないだろう。それに、仮にこの勝負に勝ったとしても――事が済んだ後で結局始末される可能性もある。

だが、直接幹部に引き渡されるよりは、このジャンケンに勝った方が逃げるチャンスなども増えるかもしれない。

大地《だいち》は相手の真意を探ろうとするが、潤《じゅん》の目は前髪に隠れてさっぱり見えない。

——本当に、こっちが見えてるのか？

思わずそんな場違いな疑問を思い浮かべてしまうが、すぐにその思いを打ち消し、大地もまた右手を差し出した。


結論から言うと——大地の三連勝だった。

「ああ、負けてしまいました……じゃあ皆さん、文句は無いでしょうか……」

おずおずと尋ねる潤に対して、護衛部隊の仲間達は、一瞬だけ顔を見合わせ——笑う。

「潤ちゃんが負けたんじゃしょうがねえなあ」

「おお、なんて運の強い奴《やつ》だ」

「ジャンケンで決められちゃ、俺《おれ》達の出る幕はねえや」

笑い合う隊員達の中——ただ一人、張《チャン》だけが無表情で首を振っていた。

「なんで、わざと負けた」

事務所の裏に呼び出され、潤は張に突然そう詰め寄られた。

「……あ……あの……何の事ですか……」

「いいよ、解《わか》ってるんだよ、お前がジャンケン後出ししてるってこたぁ。俺だけじゃねえ。うちの護衛部隊はバカだらけだが、節穴《ふしあな》は一人もいねえぞ」

それは、潤もとっくに感づいていた。

そもそも、潤の勝率がおかしいのだ。何も見やぶる事ができなかったとしても、納得がいかないと文句が出るのが普通だろう。

「……ごめんなさい」

「謝るなよ。謝らせてえんだったら、皆とっくにお前のイカサマを暴《あば》いてるよ」

「……」

張の意図がわからずに、潤は思わず沈黙する。

彼女の言葉を待つ事無く、張は再び問いかける。

「なんで負けてやったんだよ」

潤はなおも暫《しばら》く沈黙していたが、やがて諦《あきら》めたように口を開く。

「……私は……誰にも、死んで欲しくなかったから……ごめんなさい。護衛部隊長、失格ですよね……こんなに甘《あま》い考え……」

「謝るな。俺達の護衛部隊は別に軍人じゃねえからいい。殺せるかじゃねえ。護れるか、だ。

護る為に殺せるかどうかってのは重要だが、さっきのケースには当てはまらねえしな」

「……ああいう形にすれば……皆も……納得してくれると思って……」

更に俯《うつむ》く上司《じょうし》に向かって、張《チャン》は苛立《いらだ》たしげに口を開く。

「おい」

心底怒っているような様子でもなく、鈍い人間に対してイライラしているような雰囲気だ。

「その点に関しては、謝れ」

「え……」

「いいか、お前のインチキに気付いても、誰も文句を言わねえのはな、全員が隊長はお前だって認めてるって事なんだよ！　あんなまどろっこしい真似《まね》しねえでも、お前が一言『この人、殺したくないんですけど』って言えば全員笑って納得すんだよ！　『そんな甘い事を！』なんて言う奴《やつ》はいねえよ！　お前がリーダーなんだからよ、皆それを認めてる——いや、望んでるんだからよ！　……それをあんな風にされちまったんじゃ……俺らが隊長に気ぃ使われてるみたいで、どうすりゃいいのか解《わか》んねえじゃねえか」

そこまで言い切ると、張は大きなため息をついて潤《じゅん》を見る。

「もうちょい——部下の事を信頼してくれや」

「……ごめんなさい」

潤は先刻と同じように謝るが——その言葉には、先刻とは比べ物にならない程の、たくさんの意味が込められていた。ただ、色々詰まった様々な思いの中に、悲しみの色は欠片《かけら》も含まれていなかった。

「本当にごめんなさい……張さん……みんなにも……」

「あー、こんな事気にしてるのは俺だけだから、あいつらには謝る必要なんざねえぞ」

張はそれだけ言うと、事務所の中へと戻りかけ——最後に一度だけ振り返って、言った。

「明日は——ボスをきちんと護ってやろうぜ。俺達の実力を、島の連中にみせつけてやろうじゃねえか……なあ？」

「——はい！」

先刻から渦《うず》巻いていた複雑な思いも、張達に対する気後れも、今の彼女の声には欠片も残されてはいなかった。

迷いのふっきれたような顔で、彼女は自分の使命を思い出す。

この護衛部隊は、決してボスや幹部だけを護るものではないのだと。

自分の、自分達の護衛は——この『島』自体に向けられているのだと——

△

▼

西区画——グランドホテル『朱鷺《とき》』、スイートルーム西区画の地上部分には、内装まで済んだ時点で建造が放棄《ほうき》された、悲運に塗《まみ》れた一つのホテルがある。それがこの『朱鷺《とき》』であり——現在では、西区画を仕切る組織の拠点として機能する巨大な城砦《じょうさい》と化していた。

「ええ……解《わか》ったわ」

その高層部分、スイートルームの一室で——西区画の幹部、イーリーが受話器に耳をあてている。

ロイヤルスイートからワンランク落ちてはいるものの、通常のホテルならば最高級と比べてもお釣《つ》りがくるほどに豪華《ごうか》な部屋だ。しかしその豪華さは、決して元からのデザインによるものではない。

部屋の中には、ホテルの外装とは程遠い、中華風の家具や装飾品が並べたてられている。原色を鮮やかに用いた装具の数々。丸みと直線の調和が取れたデザインの東洋風の家具は、高級感を出してはいるが、必要以上に金額の嫌味《いやみ》を感じさせない。部屋のバランスを良くするために最低限必要なだけ飾りつけられており、物足りなくも過剰なきらびやかさも感じさせない、非常に無駄《むだ》の無い上品な部屋の造りだった。

その中央の竹椅子《いす》に腰を掛けながら、チャイナドレスの女が美麗《びれい》な指先で受話器を握りこんていた。陶磁器《とうじき》のように白い肌《はだ》は、ランプの明かりを美しく反射させており——ただ電話をしているだけなのに、その光景は荘厳《そうごん》な映画のワンシーンのようでもあった。

「——ええ、解っているわ。全《すべ》ては、明日でケリがつくのね……」

なにやら物騒《ぶっそう》な会話をしている。日本《にほん》語を使用していることから、どうやら相手は西区画の幹部仲間ではないようだ。

「——嬰大人《エイターレン》は、私から説得しておくわ。貴方《あなた》達は何も心配する事はないわ」

妖艶《ようえん》な笑みを浮かべながら、受話器の向こうの顔を想像した。

「それじゃあ、明日……期待してるわよ」

恐らくは相手も笑っている事だろう。イーリーはそう確信する。

彼女もまた、明日の事を思えば笑わずには居られないのだから。

たとえそれが、裏のある微笑《ほほえ》みだったとしても。

「連中を——一網打尽《いちもうだじん》にする事をね——」

そして——今日もこの『島』に朝はやってくる。

カジノのオープンに向け、様々な人々の思惑を乗せながら——

第5章
『金島銀河と鼠の王』

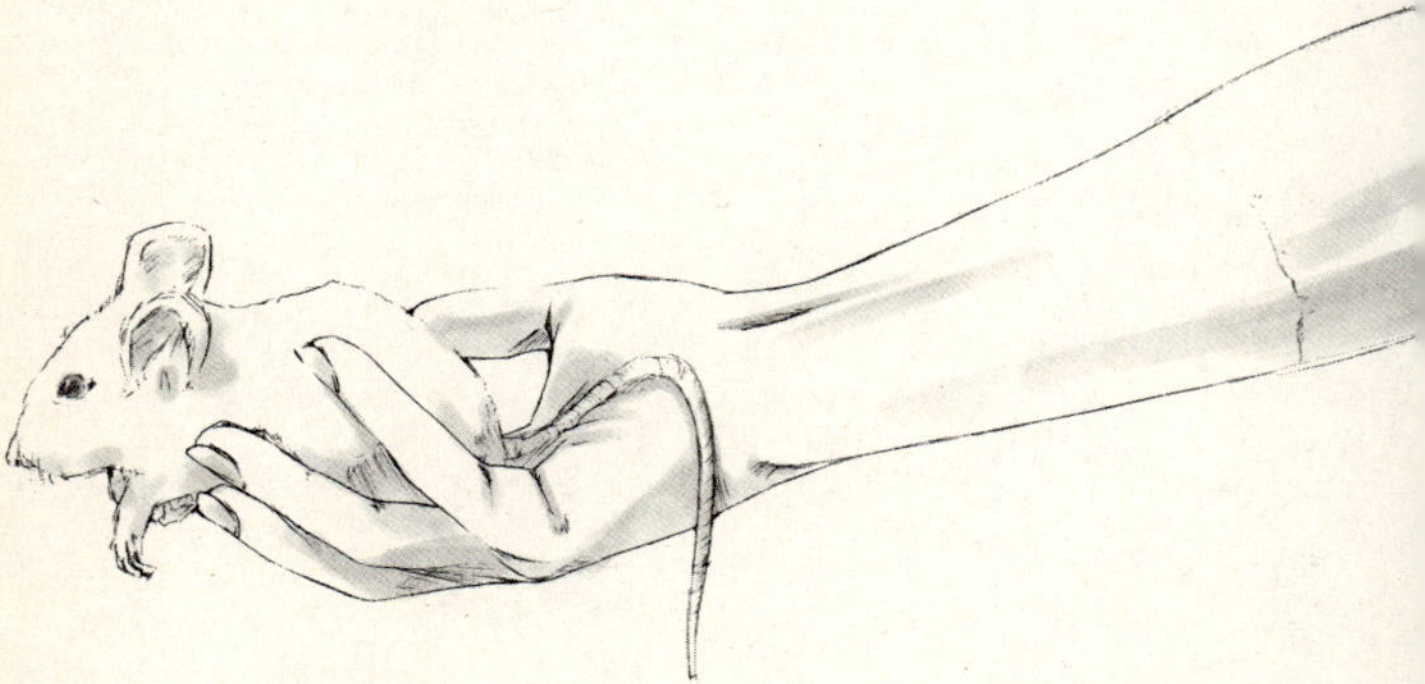

昼 東区画――テーマパーク隣接ホテル

表向きは、何時《いつ》もどおりの日々だった。

テーマパークの入口にはそこそこの人通りがあり、子供達が犬を追い回して遊んでいる。

この周辺はテーマパークを取り囲むビル群に住む人々が多く、夏の間は屋台《やたい》のような仮設営の商店が多く出回っている。

そんな中でも、テーマパークの園内と隣接するホテルに足を踏み入れる者は少ない。周囲に住む人々は、そこが東区画の『組織』の本拠地であることを知っているため、迂闊《うかつ》に入り込んではならない事が暗黙の了解となっている。

ただ――ホテルの地下部分だけは例外となっており、そこには島の中でも一、二を争う煌《きら》びやかな空間が存在していた。

数年前からオープンした地下カジノ。

通行許可証は、金と、最低限のマナー。

それさえ持ち合わせていれば、どんな人間でもその『楽園』に足を踏み入れる事ができる。このカジノの噂《うわさ》を求めて、わざわざ本土から足を多く運ぶ者も数多く存在し——社会の裏表を問わず、俗に『大物』と呼ばれる人々が訪れる事さえある。

ただし、ゲームの行方《ゆくえ》によっては、その『楽園』は即座に『地獄《じごく》』へと変貌《へんぼう》する。

この島で無一文《むいちもん》になる事の意味は、それまでの生き方で大きく変わってくる。

昔から『島』で生活するものならば、そこまで落ち込む事はない。無一文で生活する術《すべ》は住み慣れた者ならば経験として幾らでも知っているからだ。

だが、この島のカジノに憧れて、初めてこの島に訪れた者が破産した場合——あまつさえ、東区画の組織に借金を作ってしまった場合——彼らは、色々な意味で地獄を見る事になる。

今まで自分が住んでいた世界とは全く異なるこの『島』に放り出され、唯一と言っていいほどの共通貨幣である日本円が存在しないのだ。彼らはまず何をすればいいのか解《わか》らず——船で島から出るにも金が要ると知り、仕方なく橋を目指して歩き出すのだが——この迷路のような島で、カモ丸出しの人間がうろうろと歩き回っているのだ。島のごろつき達がこれを見逃すはずも無く——カモは僅《わず》かに残った羽さえむしられ、徐々に徐々にこの島の地獄を味わっていく事になる。

そういう意味では、この島は運よく金を稼《かせ》ぐ事ができた島民や——あるいは、無限の金を持つ島外の『大物』達の為の娯楽《ごらく》であるという事ができるだろう。

改装の為、一ヶ月程閉鎖《へいさ》していたのだが――本日いよいよリニューアルオープンの運びとなった。

今日は招待された人間達だけのプレオープンであり、簡単なセレモニーまがいの事も開催されるとの事だった。

担当していた幹部が殺される結果となってしまったものの、企画は既《すで》にその幹部の手を離れていたので、今日のオープンには何ら支障《ししょう》は無かったようだ。

ホテルの入口から地下に下りる入口が二箇所。その他《ほか》、地下部分から直接入る事のできる出入口が四箇所存在するが、地下からの入口は非常時以外は封鎖《ふうさ》している。

本土の地下カジノのように、警察の目を気にする必要は無いが――その分、入口では金属探知機などによるチェック等を導入している。

ホテルの入口には組織の人間が四人ずつ立ち、現れた『招待客』一人ひとりに簡単な検査を行っていた。

その様子を遠目に見ながら、張《チャン》と大地《だいち》が近くのビルの屋上で待機《たいき》している。位置的にはホテルの斜め向かいに位置し、カジノのあるホテルへの入口周辺を見る事ができる。

「ったく、特殊素材の銃《じゅう》じゃ、金属探知機にゃあひっかからねえってわけか」

張《チャン》は苛立《いらだ》たしげに言いながら、昼食代わりの干し肉をガリガリと噛《か》み砕《くだ》いている。

その横には両手足を縛《しば》られた土海大地《つちみだいち》が転がされており、芋虫《いもむし》のように身体《からだ》を前後にくゆらせている。

「まあ、ガキを入れるようなバカはしねぇと思うが……その『ラッツ』ってのぁ、年はいってても17ぐらいなんだろ？」

「ええ……せいぜい15、6だと思います……外見から感じただけですんで、詳しくは解《わか》りませんけれど」

「じゃあ大丈夫だ。そもそも、今日の招待客にそんな若い奴《やつ》はいないしな」

二人の横には監視用のモニターが置かれており、カジノ内部の様子もこちらから解るようになっている。二人はここで待機《たいき》して、大地が金島《かなしま》の部下と『ラッツ』のメンバーが居ないかどうかをチェック。カジノの中に隠された狙撃《そげき》ポイントにいるカルロスや、カジノ内に侵入している他《ほか》の面子《メンツ》に連絡がいくという手筈《てはず》だ。

△
▼

「さて、そのネジロって奴はどうやって潜入するってんだか……お手並み拝見といこうじゃねえか」

その頃、カジノのホール内では従業員達が忙《せわ》しなく動き回っていた。

カジノの遊戯台《ゆうぎ》の合間に点在する広いスペース。普段は何も無い筈《はず》のそのスペースに、今日は純白の丸テーブルが置かれている。

それを取り囲むように、高級な背広やドレスを纏《まと》った招待客が集まっており、服装だけを見るならば、とてもこの島の関係者とは思えない面々《めんめん》だ。

客達に特別緊張した様子は無く、関わりのある人物同士で優雅な会話を繰り広げている。

到着している招待客達——といっても、大半は東区画の幹部だが——彼らにカクテルを配り終えた美咲《みさき》は、糸の切れた人形のようにバーカウンターに突っ伏した。

「バ、バカ！　何やってんだ美咲！」

カウンターの傍《そば》にいた支配人の稲嶺《いなみね》が、慌《あわ》てて彼女を叱咤《しった》する。彼も挨拶回りを終えてきたばかりで疲れているが、流石《さすが》にカウンターに突っ伏すわけにはいかない。

「だって……もう……緊張しっぱなしで……、それに私、夕べ殆《ほとん》ど眠《ねむ》れなかったんですよう」

『島』の有力者達にカクテルを配る。それだけの動作が、彼女にとっては千里の道を歩くよりも辛《つら》かった。普通の権力者ならばともかく、この場に集まっているのは裏の世界に関わっている人間達ばかりである。カクテルをこぼした瞬間にナイフで喉笛《のどぶえ》を切られかねない。

極端なたとえだったが、少なくとも美咲の中ではそれは真実だと思っている。夕べには人の死を眼前に見ているので尚更《なおさら》だ。この島に慣れていない人間だったら、あの光景は間違いなくトラウマになっている事だろう。

しかし――だからと言って仕事中にだらしない姿を見せて良いというわけではない。支配人はホール内の様子を見て、美咲《みさき》に新たな仕事を言い渡す。

「ああッ、ほら、ボスが来たからカクテル渡して来い」

支配人の目線の先には、東区画のボス、ギータルリンの姿があった。

国籍不明の青年は白と黒が混ざった柄のタキシードに身を包み、招待客達と談笑を繰り広げている。彼の後ろには二人の美女が付き従っており、微笑《ほほえ》みながらも隙《すき》の無い視線で周囲の様子に集中している。

「ひぇえ」

「なにが『ひぇえ』だ。さぁ、とっとと行った行った！」

目を回しかける美咲を引き起こすように送り出し、支配人は再びホール内の様子に視線を巡らせる。

「……ん？」

そこで支配人はある事に気付き、更に注意深くホールを見渡した。

「あれ……？」

ある事に気付き、支配人の中には疑問と――嫌《いや》な予感が膨《ふく》れ上がり始めていた。

「なんで――西の組織の招待客が一人も来てないんだ？」

△
▼

張《チャン》はモニターの中に気になる点を発見した。

支配人がそんな疑問を抱《いだ》くのと同時に——張はモニターの中に気になる点を発見した。

カジノホールに通じる地下通路で、子供がサッカーボールを蹴《け》って遊んでいる。普段から良く目にするような光景だが——その子供たちの姿が張には気になった。地下からカジノホールに入る為の入口はすぐ傍《そば》にあり、角度を変えれば同じ監視カメラに同時に映る距離だ。

もしかしたら、この中にネジロという奴《やつ》がまぎれている可能性もある。

他《ほか》の入口の様子を見ると、やはり雑踏《ざっとう》の中で子供たちがサッカーをやっている。

そして——そこで張の背筋に寒いものが走る。

——今、この島でそんなにサッカーが流行《はや》ってたか……？

四台のカメラに映された子供達は——全員サッカーに興じていた。

「おい、こいつらん中にネジロって奴はいるか？」

芋虫《いもむし》状態の大地《だいち》を引き起こし、モニターの前にその顔面を突きつける。

高解像度の監視画像を見ながら、大地は驚いたように声をあげる。

「あッ！　これ、この左上のガキ……『ラッツ』の一人ですよ！」

「よし」

画像の左上を顎《あご》でさす大地《だいち》を見て、張《チャン》はカルロスと潤《じゅん》に連絡を入れようとする。

ところが――

「あ、この右側にいるガキもですよ！」

「まあ、当然一人じゃねえやな……おう、カルロスか。ガキどもを見つけた。今特徴を」

「この、今サッカーボール蹴《け》った奴《やつ》もです！」

――三人？　くそ、やっぱりボスをやろうってんだ、手堅《てがた》く来やがったな。

「あ、あの……こっちの画像に映ってるガキも……」

――!?

《モシモーシ、どんなガキだって？　まあカジノの中に入って来るのは無理だと思うけど……ん？　モシモシ、どうしたよ張さん》

「こ、このガキも……このガキもだ！」

最初は勢い良く答えていた大地も、次第に声のトーンを落としていく。

不気味《ぶきみ》な物を見るような目つきでモニターを眺め――ついには声を出すのをやめてしまう。

張もその様子を見ていたが――彼もまた、同じように声を出せずにいる。

変化していく画像内の状況を眺めながら――張はようやく言葉を絞《しぼ》りだした。

「まさか……だろ？」

画像の中には――いつの間にか増えていた数十人の子供達で溢《あふ》れかえっていた。

そして彼らは、サッカーボールを遠くに蹴《け》り捨て――カジノに通じる扉に向かって、ゆっくりと歩み始めた。

「……どういう事だ？ 手前《てめぇ》……騙《だま》しやがったのか⁉」

張は怒りに満ちた目で大地を掴《つか》みあげるが、彼の目にも『信じられない』といった表情が浮かんでいる。

「あ、あり得ませんよ！ 何で、こんな無茶《むちゃ》を……こいつら……そ、そもそも、この地下通路って、警備の人はいないんですか⁉」

「……そういや……ここの警備は西の護衛団の連中が協力するっつうから……」

そこで張はある事に気付く。警備に当たっている西区画の人間が見当たらない。そして、それを知っていたかのように、地下通路だけに集合する子供達。

彼は一つの可能性に辿《たど》り着き、手に握っていた無線機に口を当てる。

「おいカルロス、そこに西区画の連中はいるか？」

《なんだよ、暫《しばら》く返事しないと思ったら……ああ、そういやいないね？ ボクの知ってる限りじゃ、西区画の人間は見当たらない。東の関係者ばっかりだ》

それを聞いて更に確信を深め、下に転がした大地に再び尋ねかける。

「おい、金島《かなしま》と西に接点は無いんだな？」

「無いですって！ そもそも、金島さんの復讐《ふくしゅう》の相手が西区画に所属してるらしいから、それだけは絶対に無いです！」

「じゃあ……『ラッツ』のガキどもはどうだ？」

「えっ……」

躊躇《ためら》いを見せる大地《だいち》に対し、張《チャン》はさらに声を荒げる。

「あのガキどもが、金島《かなしま》以外の奴《やつ》らとつるんでた可能性はねぇかって聞いてるんだよ！」


張は相手の答えを待たずに、すぐに無線機で仲間に連絡を取ろうとする。

だが——遅かった。

無線機の奥からカルロスの声が聞こえてくる。

《あれ？　おい、なんであの扉が開いて……おい……え？　ちょっと》

無線の奥から、カルロスの混乱した声が聞こえてくる。

張の前にあるモニターの中では——封鎖《ふうさ》されていた筈《はず》の扉から入り込む、数十人の子供達の姿が映されていた。

《これさ……どの子から撃てばいいの？》

△

▼

ホール内

東区画で一番偉い人間にカクテルを渡し終え、緊張のあまり涙が出そうになっていると
――美咲《みさき》の視界の隅で、いくつかの扉が開くのが見えた。

「？」

――あれ、あの扉って、確か閉め切りだった筈《はず》じゃ。っていうか、非常口からも入ってこれるんだったらホテルの入口で金属探知機やっても無意味じゃない。

そう思った次の瞬間――彼女の視界の中に、子供達の姿がどやどやと入り込んできた。

男女入り乱れて、このカジノには似合わない薄汚れた服を身にまとっている。

――あれ、何だろう。どうして子供達が――子供――子供？

ぼんやりとしていた意識の中で、子供という単語が何回も繰り返される。

まるで、脳みそが何かを警告しているかのように。

四つの扉から次々と入り込んで来る子供達に、カジノ内の客も何事かと目を向ける。

ざわめき始めたホールの中を、子供達は何の遠慮をすることも無く、ホールの壁際に沿って歩いて行く。

やがて、子供達の何人かが美咲の元に辿《たど》り着いた時――彼女はその子供達の手に何かが握られている事に気が付いた。

空《うつ》ろな意識が徐々に覚醒《かくせい》し始める。子供の手の中にある、灰色をした玩具《おもちゃ》のような銃《じゅう》を確認した瞬間——彼女は全《すべ》てを思い出した。

——この子達、もしかして昨日の————！

全身の細胞が『逃げろ、逃げろ』と喚《わめ》きたてる。

だが——遅かった。

彼女の元に子供達の一人が、まるで握手を求めるような感覚で手を突き出してきた。

美咲《みさき》の顔に向かって真《ま》っ直《す》ぐに伸ばされたその手の先には——玩具のような拳銃《けんじゅう》——通称『ラット』が握りこまれている。

少年はニコリと笑いながら——感情の無い声で呟《つぶや》いた。

「お姉ちゃん——動かない方がいいよ」

美咲は露骨《ろこつ》に顔を引きつらせ、言われるまでもなく動きを止める。視線だけで横を見ると支配人は三人に銃を突きつけられて動きを止めている。

それでも——彼女はどこか現実感から取り残された気分を感じていた。

今まで何度もこんな目に遭《あ》ってきたが——流石《さすが》に五十人で強盗《ごうとう》に来られた事は無かったし、強盗全員が少年少女という事も無かった。本土でもこの島でも、子供の強盗は珍しくは無いが——流石に『組織』の経営するカジノに強盗に入る子供などというものは考えられなかった。

一瞬、目撃者である自分を消しに来たのかと思ったが——『ラッツ』の事は昨日捕まったあのアロハ男から全て明らかになったと聞いた。ならば、今更自分が狙われる意味が無いではないか。

　それらの疑問が煮詰まった時――彼女は、驚くほど冷静な声で少年に尋ねかけていた。

「君達……何しに来たの……？」

　少年はその問いかけを嘲《あざけ》る事も無視する事もなく、抑揚の無い声で淡々と答えを紡《つむ》ぎだす。

「――僕達はね、殺しに来たんだよ。ここに集まってる……東区画の人達をさ」

　少年の表情は一切変わらぬまま、彼の言葉は黒幕の正体までをも紡ぎだす。

「そうすれば――西区画の人達が、喜んでくれるって言うから」

△
▼

「おい、カルロス！　なんとかしろよこのヘボ野郎《やろう》！」

　モニターでカジノ内の様子を見ながら、張《チャン》が叫ぶ。

『ラッツ』の子供達はカジノホールの外周を回るように移動し、中にいる人間達をすっぽりと取り囲んでいる。観客達はまだ事態を呑《の》み込めていないのか、パニックを起こしたりしている様子は無い。

《そんなこと言ったって》

「もういい、全員撃っちまえ」

《だめだめ、一人撃ったら、二人目を撃つ前にホールがタランティーノ級の銃撃《じゆうげき》戦会場になっちまうっての》

やけに冷静なカルロスの声に、張《チヤン》は血管を切らしそうになりながら怒鳴《どな》りつける。

「構うか！　幹部連中は銃ぐらい持ってるだろうが！　外の連中は何してやがる！」

《金属探知機で全部回収されてるよ。持って入れているのはボスぐらいじゃないかな？　ああ、外に連絡するにも全員ホールドアップされてるからねえ……そこから走っていって教えてあげた方が速いと思うけど》

「ああ、畜生《ちくしよう》！　隊長と他《ほか》の連中はどうした!?」

《連絡がつかなくなってる》

それを聞いて、張は背筋が一気に冷え込んだ。潤《じゆん》も他の隊員達も簡単にやられるような連中ではないが——連絡を取っていない五分間の間に、この五十人にやられてしまったという可能性もある。張は無線に何度も呼びかけるが、カルロス以外の面子《メンツ》からの返事はない。

——まてまてまてまて、落ち着け、落ち着け俺《おれ》。

自分の心を落ち着かせようと必死になりながら、張は屋上の手すりを掴《つか》む。

鉄の手すりが変形するのではないかというほどに強く握りこむと、顔を上げて大地《だいち》に尋ねる。

「おい！　その中でネジロってのはどいつだ！　そいつをカルロスに——」

「いません」

張の言葉が終わる前に、大地の答えが告げられる。

「……あ？」

「あいつは……いっつも目立つ白い服を着てるんですけど……いないんですよ！　このカジノのモニターの中にも——外にも——どこにもいないんですよ！」

「服を着替えてるだけじゃねえのか！」

当然の意見を言うが、大地はうつぶせに転がったままで首を振る。

「いえ、そんな事は無いです……あいつの面《つら》は良く覚えてますから……くそ！　なんで、何がどうなってるんですか！」

「それを聞きてぇのは俺の方だぁッ！」

——落ち着け落ち着け落ち着け落ち着け。

握りこんだ鉄柵が、ギシギシと音を立てて歪《ゆが》み始める。

張は怒りと焦燥《しょうそう》を全《すべ》て力に変え、必死で脳の血圧を下げ続ける。

だが——冷静に考えようと状況を思い返したところで、彼は、ある違和感に気が付いた。

「……待てよ」

——上手《うま》く行き過ぎてねえか？

ふと思った疑問が、張の中で急速に膨《ふく》れ上がる。

——いくら西の連中が手引きしたからって……うちだってそこそこの組織だぞ？　それが、こんな簡単にカジノを占拠《せんきょ》されるもんなのか？　銃《じゅう》を持った護衛がカルロス以外一人も——うちの部隊以外誰も居ないなんて事があるか？　俺《おれ》達以外に、幹部の部下連中とかも同じモニターを見てる筈《はず》だろ？　なのにどうして——幹部を助けにホールへ乗り込まない？

物凄《すご》い勢いで、張《チャン》の頭の中が煮詰められていく。余分な要素を全《すべ》て蒸発させ、彼は現在の状況がどういう事なのかを推測しようとする。

そして、彼の辿《たど》りついた結論は——

△

▼

「あのね……ネジロが言ってたんだけど。ここにいる幹部の人達をみんな殺せば——東区画はもう御終《おしま》いなんだって。ボスも死ぬし、信用もガタオチになるんだって」

機械に入力された音声の如く、無駄《むだ》な感情を排して言葉だけが紡《つむ》がれる。

「すいません私は幹部じゃないんです」

子供に対して思わず敬語を使ってしまう美咲《みさき》。

美咲に銃を突きつけた少年は、そこでようやく個人の意見を含んだ言葉を口にした。

「ネジロには全員殺しちゃえって言われてるからさ……運が悪かったね、お姉さん」

――運？

『運が悪かった』

その言葉を聴いて――いつも自分で自分に言い聞かせていた言葉を聴いて、彼女は急速に現実へと引き戻される。

――私は――私は、運なんていう形の無いものに殺されるというの？

運が悪いと思う事によって、この世界を、境遇を受け入れる。それが彼女がこの島で選んだ生き方だった。

だが――その『境遇』の方から「お前は運が悪い」などと言い切られたのは初めてだ。相手から言われて、それが如何《いか》に矛盾に満ちた言葉かという事に気付く。

――違う、運が悪かったなんて――そんなのは違う。私は運なんかに殺されるんじゃない。私は、この子達に――こいつらに殺されるんだ！

彼女の心に湧《わ》きあがってきたのは、怒りだった。

運に左右されて生きてきたと思っていた自分が――その実、こんな身勝手な『境遇』によって動かされていたなどと。

その怒りは恐怖というものを抑え込み、少年達の淀《よど》んだ視線を睨《にら》み返す。

「そんな事して……何になるっていうのよ。貴方《あなた》達は――何が目的なの？」

予想外の問いかけに、少年は暫《しば》し考え込むが――

「この島から――逃げる為」

「……え？」

「僕達はみんな、この島が大嫌いなんだ。だけど――この島から出て生きる為には、外の世界から捨てられた僕達には力が必要なんだ。だから――その力を手に入れて、僕達はこの島から逃げるんだ。この嫌《いや》な世界から逃げるんだ」

少年の答えを聞いて、美咲《みさき》は一旦《いったん》沈黙する。

確かに、この『島』はろくな世界ではない。彼女もそれは理解しているし――だからこそ、不運を言い訳にしてその思いを腹に呑《の》み込んで生きているのだ。

だが――『島』に住む者の中には、違う生き方をする者もいる。

彼女の親友は、自分からこの世界に生きる事を選び――この島を護ろうとしている。目の前にいるこの子供達は、自分達の理屈で彼女の生き方を踏みにじろうとしているのだ。

それが美咲には許す事ができず――強い意志のこもった目で、更に少年を睨《にら》みつける。

「そんな事――貴方《あなた》達にはできないよ」

「……え？」

「この島から逃げるなんて、貴方達には絶対にできない」

「……」

彼女の言葉に、少年は沈黙する。横で支配人に銃《じゅう》を突きつけていた子供達も、いつの間にかこちらをの言葉に顔を向けている。

「貴方達は——この『島』の一部だから……貴方達ほど、この『島』らしい人間なんていないんだから……自分から逃げる事なんて、絶対にできないんだから！」

そう言いながら、彼女は後ろ手にカウンター上の酒瓶《さかびん》を握りしめていた。

——相手の銃さえ奪えば——

その先を全く考えていない行動だったが、彼女に迷いは無かった。皮肉な事に、今の彼女こそ——過去の自分自身から、不運に身を任せていた運命から逃れる為に、自らの手でどうしようもない境遇に立ち向かう為に——

だが——不運な事に、振り下ろされた酒瓶は掌《てのひら》の汗によってすっぽ抜け——

少年の背後に綺麗《きれい》な放物線を描いて飛んで行き——

派手《はで》な音を立てて、粉々に砕《くだ》け散った。

そして——それが子供達が引き金を引くきっかけとなってしまった。

島の中央部の地下——白い服を着た少年の前で、視界に収まりきらない程に巨大なエンジンが、低い音を立てて周囲の空気を震わせている。

この『島』は海底と土台が接続しているわけではない。文字通りの『浮上島』だ。15年程前に開発された理論に基づいて建築されたこの人工島は、潮の満ち引きに関わらず、常に『橋』の高さと同一の水平上に存在しなくてはならない。

そして、建設の際に島の向き自体を調節する為のシステム。それらの機構の一部を担《にな》っているのが、この巨大なエンジンの怪物だ。

象徴的な意味での、『島』の心臓——

そのエンジンを見下ろすように、その広大な地下空間には中空に通路が渡されており、部屋の内周に沿って金属製の通路が設置されている。製鉄工場の内部を思わせる設備だが、下にあるものは溶鉱炉ではなく、生暖かい熱を放出するエンジンの塊《かたまり》だ。

その通路の隅——空間の入口傍《そば》の手すりに寄りかかりながら、ネジロは静かに宙を見上げる。

今現在、カジノの中で起こっている事を想像し——静かに微笑《ほほえ》みながら呟《つぶや》いた。

「――バイバイ」

銃弾《じゅうだん》は、発射されなかった。

△

▼

カジノホールの中――子供達は銃弾を発射すべく、『ラット』の引き金を一斉《いっせい》に引き絞《しぼ》った。銃口《じゅうこう》はそれぞれが取り囲んでいた幹部達に向けられ――東区画のボスに対しては一番多くの銃口が向けられており、彼を庇《かば》うように立つ二人の美女では全《すべ》ての弾丸をそらす事はできないと思われた――

だが、銃弾は発射されなかったのだ。

△

▼

ネジロは、小さく呟いた。

「バイバイ――」

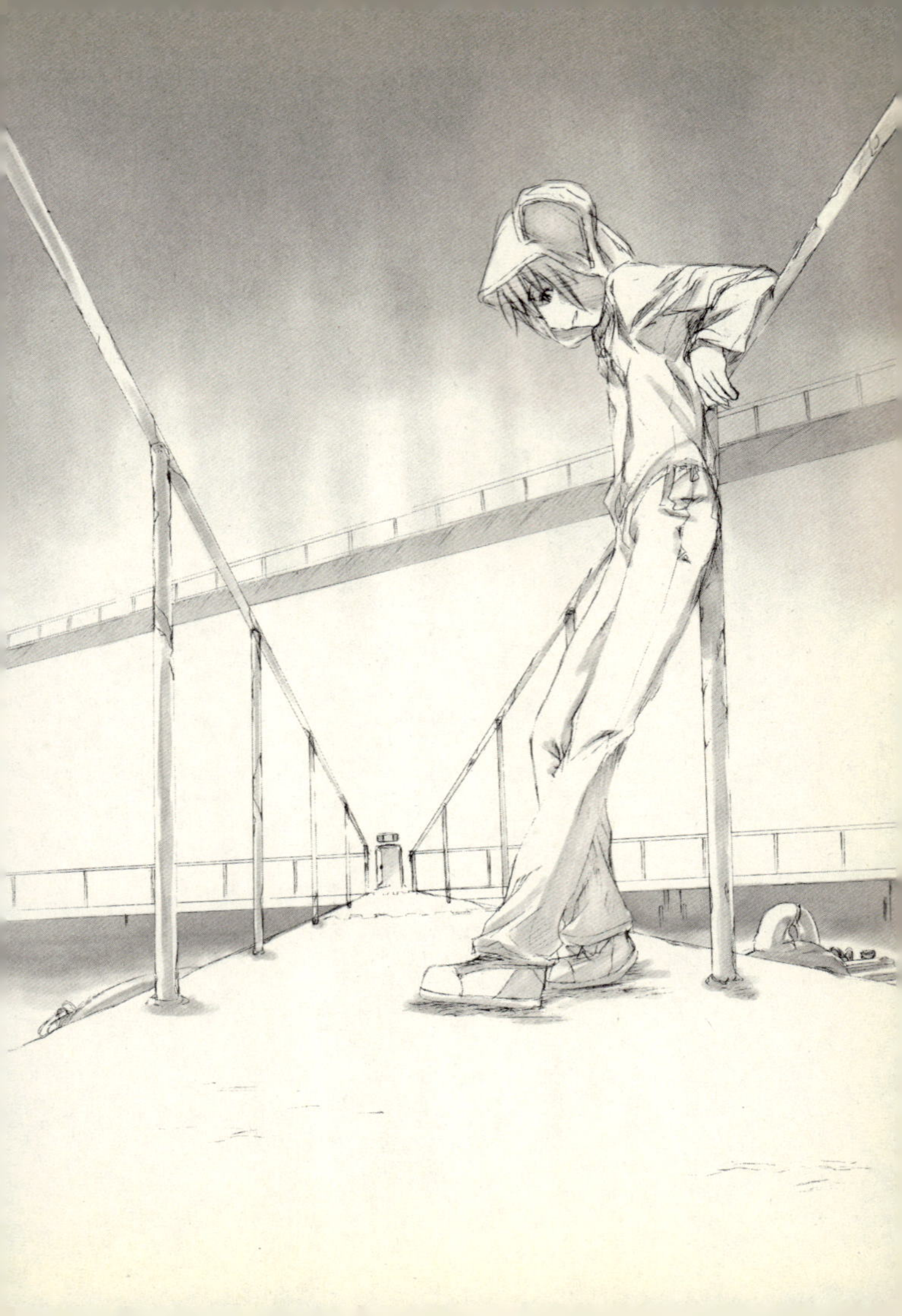

乾いた笑いを浮かべながら――小さく小さく呟いた。
「バイバイ、『ラッツ』――バイバイ――みんな」

△
▼

カチリ、という音はする。銃《じゅう》に内蔵された撃鉄《げきてつ》が打ち下ろされる音だ。

だが――その先にある筈《はず》の、消音機を通した破裂音《はれつ》が一向に聞こえてこない。

「……え？」

子供達は何度も引き金を絞るが、それでも銃弾《じゅうだん》は発射されない。

五十丁《ちょう》の拳銃《けんじゅう》が、カチカチという音をホール内に反響させる。

虫の合唱のような音を響かせながら、子供達は互いに顔を見合わせる。

絶体絶命の状況の筈なのだが、彼らの表情に大きな変化はない。純粋に、現在の状況を呑《の》み込んだ上で、原因がわからずに不思議がっている……そのぐらいの感情しか読み取れない。

「どうなってるの？」

「なんで弾が出ないのかな」

「空《から》なんじゃない？」

「でも、さっきネジロに渡されたのを詰めてきたんだよ」

「おかしいね」

「どうすればいいのかな」

「どうしようか」

「ネジロに聞かないとわからないよ」

「ネジロは？」

「いないね」

「いない」

「どうしよう」

「どうしようか？」

焦燥《しょうそう》も恐怖も無い、気力のない表情のままで子供達がささめきあう。

まるで他人事《ひとごと》の相談をしているように、少年少女には緊張感の欠片《かけら》も無い。

そんな彼らに対して——それまで黙っていた東区画のボスが、困ったように笑いながら、初めてその口を開いた。

「まあ、ネ」

外見よりも年寄りくさい喋《しゃべ》り方で、少年達に対して優しく告げる。

「とりあえず、考えるのは後にしたらどうかネ？」

ギータルリンが手を上げると、カジノのホールに存在する六組の扉が、小さな音を立てながら同時に開け放たれる。

そこには、それぞれ五、六人ずつの男女が待機《たいき》しており――まるで子供達の退路を塞《ふさ》ぐように陣取《じんど》った。

東の組織の構成員と――張《チャン》と連絡が取れなくなっていた、警護部隊の面々《めんめん》だ。

「君達には、これから長い長い時間が与えられるんだからネ。後悔するにせヨ、答えを見つけるにせヨ、自分達だけで考えるといい」

彼の顔に浮かぶ笑顔はとても残酷《ざんこく》で、子供達の浮かべる薄い笑顔と、綺麗《きれい》に対《つい》を成していた。

△
▼

「……いつからだ？」
同時刻――斜め向かいのビルの屋上で、張が無線機に向かって静かに問いかける。
《えーと、今朝。ボスから直接連絡が来てさ、少し早く召集された》
視線をモニターに貼り付けて、張は静かに、ただ静かに問いかけ続ける。
「……知らなかったのは、俺《おれ》だけか？」
《イエス》
無線機の向こうでは、カルロスが笑いを噛《か》み殺しながら応対しているのが解《わか》る。

張《チャン》の出した推論が真実だった事が、ここで確実に証明された。

「……わざとカジノに乗り込ませて、一網打尽《いちもうだじん》、ってわけか？」

《鼠《ねずみ》取りは、エサで釣《つ》って閉じ込めるのが基本でしょ？　西区画の裏切りもはっきりした事だし、その上で実行犯達を捕まえてジ・エンドって奴《やつ》よ》

カルロスの言葉に全《すべ》てを理解すると。

「……後で手前《てめえ》らにバーティカルスープレックスを七発ずつ叩《たた》き込むから、そう思え」

冗談《じようだん》めいた言葉だが、張は欠片《かけら》も笑っていない。

七発という微妙にリアルな数字を聞いて、カルロスは誤魔化《ごまか》すように笑い、答える。

《あはは、潤《じゅん》ちゃんはちゃんと教えようとしてたんだぜ？　俺《おれ》らとボスが止めたけど》

「……解《わか》った。潤は許そう、じゃあそれ以外の奴《やっ》らに八発ずつ——」

そこまで口にして、彼はある事に気が付いた。

モニターの中で子供達を拘束《こうそく》していく護衛部隊。

その中に、肝心《かんじん》の姿が見当たらないのだ。

「……おい、潤はどうした？」

《潤ちゃんなら、今から護衛に向かうってさ》

「護衛って、誰の——」

疑問に思いながら身体《からだ》を起こし、手すりに寄りかかりながら話を続けようとしたのだが

――

《それはな、……それは――……おい、張。聞いてるか？》

しかし、張は答えない。

振り返った瞬間にあるものを見て――そのまま怒りに固まってしまう。

誰に対してでもない。自分自身の迂闊《うかつ》さに対しての激しい怒りだ。

彼の前には、何本かに切断された縄《なわ》が散らばっていた。

その縄に包まれていた筈《はず》の土海大地《つちみだいち》の姿は何処《どこ》にも見当たらず――

不思議な事に――その縄の断面は、鋭利な刃物によって切断されたものだった。

△

▼

「そろそろ――時間かな」

低く鈍いエンジン音が鳴り響く地下空間。

ネジロは携帯電話のディスプレイを見ながら、壁にもたれさせていた身体《からだ》をゆっくりと引き起こした。

エンジンの置かれた空間の天井《てんじょう》は果てしなく高く彼のいる通路の上にも、何層にも渡って通路が張り巡らされている。

ネジロは待ち人が現れるのも近いと判断し、エンジン音の中で静かに耳を研《と》ぎ澄《す》ます。

──刹那《せつな》、こちらに向かって歩いて来る足音が聞こえてきた。

「！」

その音は徐々にこちらに近づいており、どうやらネジロのすぐ脇《わき》の出入口から聞こえてくるようだ。

この地下空間への通路には特にドアも設置されておらず、少年は特に相手を迎える事もなく、相手が通路の影から現れるのを、その場から動かずに待つ事にした。

だが──その通路の影から現れたのは、彼にとっての待ち人ではなかった。

「やあ」

その男は、柔和《にゅうわ》な笑みを浮かべながら片手を挙げた。

「貴方《あなた》は……」

目の前に現れたアロハシャツの男を見て、ネジロは不思議そうに相手の名を呼んだ。

「大地《だいち》さん……どうしてここに？」

「いやあ……『どうしてここに？』は、こっちのセリフだよ」

唐突《とうとつ》に現れたアロハシャツの男――土海《つちみ》大地は、笑ったまま首を傾げて足を一歩踏み出した。

二人の距離は10メートル程。エンジン音が周囲に響いているが、二人の会話の妨《さまた》げになるほどではない。大地は両の手をズボンのポケットに入れており、上半身を前に傾けながらゆっくりと歩み寄ってくる。

「驚いたよ。『ラッツ』が金島《かなしま》さんを裏切って西区画についただけならまだしも――」

更に一歩近づいて、そこで大地は足を止める。

「その『ラッツ』自体を君が裏切って――東区画に売り渡すなんて、さ」

「……」

ネジロは何も答えない。

大地の言ったシンプルな解説は、微塵《みじん》の間違いもない事実なのだから。

「まったく大したもんだよ。育てに育てた『ラッツ』の仲間を、まさかこんな風に『運用』するとはね。金島さんから声をかけられ――それをチャンスと思ったのか、お前らは武器だけを手に入れたわけだ。まんまとな」

大地は困ったように首を振ると、微笑《ほほえ》みを絶やさないままで言葉の続きを語り出す。

「そして――武器を手に入れた君らは、金島さんに言われるまま組織の人間達を狩るんじゃなく――即座に、西区画に交渉を申し出たわけだ」

「……なんで西区画だと？　西の人間も殺されているんですよ？」

肯定も否定もせずに、ネジロは疑問だけを投げかける。

「こっちも色々調べてるんだよ。殺されたのは不思議な事に、西区画の中でも同じ一派の人間だけだ。それも、八人も連続してだ。……一枚岩じゃないのは東区画の方だと思われてるけど、それは西区画だって同じ——いや、西区画の方が、割れた岩同士の対立は根が深い」

ネジロは再び沈黙し、相手の言葉を静かに待つ。

大地《だいち》もまた、その様子を見て遠慮する事無く言葉を紡《つむ》ぎ続けた。

「お前らは金島《かなしま》さんに言われた通りに西と東の人間を殺すフリをして——その実、西の組織の言う通りにしてたってわけだ。あの用心深い西の連中を八人も殺せたのは、君らの人数が多かったってだけじゃない。西の内部からの情報もあったんだろ？」

推測混じりの発言だが、実際にその通りだった。

ネジロは瞳に警戒《けいかい》の色を含めながら、目の前の『連絡係』をねめ回す。

今まで自分達にいいようにバカにされてきた、さえないタイプのグズな青年。そう思ってきた筈《はず》なのに——今の相手からは、笑顔の下に隠された、刃物のように鋭い雰囲気が感じられる。

「そして、最後の大仕事として、東区画のカジノを襲う——そしてそれは成功する筈《はず》だったが——お前はその計画を東区画の組織に話し、自分達の仲間を売っぱらったんだ。西区画の取引相手ごとな」

大地はそこで言葉を止め、相手の反応を無言で待ち続ける。

広大な地下空間の片隅で、鈍いエンジン音だけが二人を包み込んでいた。

ネジロは暫《しばら》くの間、沈黙を守っていたが——やがて諦《あきら》めたようにため息をつくと、ゆっくりと自分の言葉を語り始める。

「——西区画は、全《すべ》てが終わった後で僕達を始末するつもりだ。そう判断したんです。だから——僕は東区画に『ラッツ』を売り渡したんです。金島さんからもらった、五十丁《ちょう》の新型の銃《じゅう》を手土産《てみやげ》に、ね」

仲間を裏切ったという事実を、何の気負いも無く語るネジロ。その白い服と白い肌《はだ》とは対象的に、彼の目はどこまでも暗く濁《にご》っている。

「で……大地さんは何をしにここまで来たんですか？　東の人間に捕まってたって聞いてましたけど……そもそも——どうしてこの場所が？」

ネジロは質問をしながら、右手を前に差し出した。

その手には、純白の銃身《じゅうしん》が握りこまれており、大地の頭に狙《ねら》いを定める。

射程の短い拳銃《けんじゅう》だったが、今の二人の距離ならば充分に致命傷が与えられる。だが——より確実に命中させる為に、少年はゆっくりと前に歩み始めた。

だが、大地は逃げる事も怯《おび》えることもしない。以前に銃口《じゅうこう》を向けた時にはパニックを起こしかけていた男が、今は欠片《かけら》の動揺も見せてはいなかった。

にじり寄るネジロに対して、大地《だいち》はゆっくりと言葉を紡《つむ》ぐ。

「なんとか逃げ出してきてね。君の居場所だけど――君の持ってるその特別製の白い銃《じゅう》なんだけどさ……」

「え？」

大地の右手が、ズボンのポケットの中で微《かす》かに動く。

刹那《せつな》――ネジロの持つ銃の中で、パチリという音が弾《はじ》けた。

「!?」

「なんで君に特別製の白い銃を持たせたと思ってる？」

笑いながら、大地はポケットから自分の携帯電話を取り出した。

携帯の液晶には
「――中に仕込んだ発信機で、君の事を監視する為さ。まあ、こんなことなら盗聴器でも仕掛けておけばよかったと思うが、電池に限界があるんでね」

言いながら――大地は再び歩み始める。先刻よりも早いペースで、明らかにネジロに詰め寄る事を目的としている。

ネジロは相手の行動に危険を感じ、咄嗟《とっさ》に身体《からだ》を動かした。

後ずさるわけでも、身を翻《ひるがえ》すでもなく――ネジロは、何の迷いも無く銃の引き金を引いた。

だが――何も音はしなかった。

消音器を通した発砲音はおろか、内部の撃鉄《げきてつ》が下りるカチリという音すら響かない。

「!!」

「だからさ、発信機と――内部の激鉄が下りないように――ああ、つまり――銃を撃てなくする仕掛けしかできなかった、って事だよ」

銃が使えない。その事実はネジロにとっては絶望的な状況を示唆《しさ》している。

それまではまだ普通に見えていた目の前の男が、途端《とたん》に自分の天敵のような錯覚《さっかく》に囚《とら》われる。

いや――確かに、今の大地はまるで別人であった。柔和《にゅうわ》な表情はそのままに、ただ、中身だけが完全に入れ替わっているかのように。

「俺《おれ》はね……罰《ばつ》を与えに来たんだ」

そして――今、目の前にいる男の中身は、自分の想像を遙《はる》かに超える、危険な存在である
――少年は本能的に確信した。

ネジロは自分の肺から漏《も》れる荒い呼吸を耳にして、自分が緊張状態に陥っている事に気が付いた。

「君に――金島《かなしま》さんを裏切った罰を与えに来たんだよ」

「あ……」

逃げようと身体を動かした瞬間、大地は瞬間的に地面を蹴《け》り、一気に相手との間合いを詰め

る。完全に虚《きょ》をつかれたネジロは——なす術《すべ》も無く大地《だいち》の左手に捕らえられた。

腕をつかまれ、そのまま一気に引き寄せられる。

次の瞬間には、ネジロは襟首《えりくび》を強く摑《つか》みあげられ——少年の華奢《きゃしゃ》な身体《からだ》が軽々と宙に吊《つ》り上げられる。ネジロは同年代の中でもかなり華奢な方である、いくら大地が痩身《そうしん》とはいえ、力ではどうする事もできない。

だが——それを差し引いても、大地の動きは普通ではない。身体的能力というよりも、タイミングや駆《か》け引きといった分野に特化している体術だ。

——こいつ……ただの連絡係じゃ……ッ！

それに気が付いた時には、彼はもう抵抗できない状態になっていた。

足をバタつかせても相手のアロハシャツを汚《よご》す事しかできず、相手の腕を掻《か》き毟《むし》っても、相手の肉より先に自分の爪《つめ》の方が剝《は》がれてしまいそうだ。

「できるだけ……苦しんでくれ」

大地の顔からは既《すで》に笑みが消えており、少年の白い首筋にめり込ませた指に、徐々に強い力を込めていく。

「あのね、君の敗因は、君らの敗因は、感情を抑制したことだ。恐怖を感じることを否定した時、君達は道を間違えたんだよ」

ネジロは自分の喉《のど》からミチリという嫌《いや》な音がするのを聞きながら、視界が上の方から少しずつ暗転していくのを感じていた。

何かに助けを求めようと周囲を見渡すが、通路の上に人の姿は存在しない。

このエンジンを管理する人間達が存在する筈《はず》なのだが――チンピラと子供の喧嘩《けんか》にわざわざ関わりたくないのか、彼らに対して何か言いに現れる者も存在しなかった。

少年の意識が半濁《はんだく》して、周囲の音がやけにクリアに聞こえてくるようになる。

そして――少年は気が付いた。

島の心臓である巨大なエンジンの音に合わせて――

鋭く、甲高い――小さな小さなエンジンの、力強い唸《うな》りが響いている事に――

△

▼

「！」

大地もその音に気が付いたが、音が周囲の壁や通路に反響している上に、巨大なエンジンの方の音に隠されているせいで、音源の方向がつかめない。

周囲をぐるりと見渡し、ネジロの首から手を離しながら警戒《けいかい》する。

ネジロは急に首を離されバランスを崩してしまい、フラフラと後ずさりながら、ついには尻《しり》餅《もち》をついてしまう。

そして、そんな彼とネジロの間に割り込むかのように——

彼女は、上から舞い降りた。

上下にも高く広がるこの空間の中では、上下に重なるようにいくつもの通路が立体的に設置されている。

ネジロと大地《だいち》が居たのは、ビルに例えれば丁度《ちょうど》二階の部分であり、一階部分にあるエンジンに一番近いところにいる。

そして——砂原潤《さはらじゅん》は、彼らの真上の通路、三階部分から飛び降りてきたのだ。

彼女の腕の中のエンジンは一つ。二台担《かつ》いだチェーンソーのうち、一本だけをバッグから取り出している。

そして、チェーンソーを空中でクルリと回し、重心を調節しながら地面に降り立った。

ネジロは一瞬、彼女の足が床に吸い込まれたものと錯覚した。

彼女の足は落下の勢いを殺しながら、スポンジを折りたたむように地面の衝撃《しょうげき》を吸収したのだ。硬い床に降り立ったにも関わらず、彼女の身体《からだ》は殆《ほとん》ど衝撃が走っていない。

全く無駄《むだ》の無い、滑《なめ》らかな動きで舞い降りる——その時の彼女の姿は、屋根から飛び降りる猫《ねこ》の姿を想像させた。

二人の間に降り立った潤は、チェーンソーのアクセルを緩《ゆる》めながら、回転数の減った切っ先を大地に向かって突き出した。それと同時に背中からもう一台のチェーンソーを取り出し——その切っ先は、地面に投げ出されたネジロの首筋に突きつける。

チェーンソーの轟音《ごうおん》が途絶《とだ》え、待機《たいき》状態のエンジンが空回りする音が残る。

その音をＢＧＭにして、潤は落ち着いた様子で言葉を紡《つむ》ぐ。

「……ええと……」

少しだけ自信なさげに呟《つぶや》かれたその声は、助けを求めるネジロにとって、とても頼りないものに感じられた。

「喧嘩《けんか》は、止《や》めて下さい——ええと、ネジロ君と——」

次の瞬間、力のある言葉へと変わる。

「——金島《かなしま》……銀河《ぎんが》さん」

沈黙。

三人の間に沈黙が流れ、彼らの下に広がる巨大なエンジンだけが、何事もなかったのように時を刻み続けている。

更に数拍の沈黙が過ぎ去った後——土海大地《つちみだいち》と名乗っていた男が、ゆっくりと口を開く。

「……どうして、解《わか》ったんですか?」

落ち着いた口調だった。相手を尊重した言葉遣《づか》いだが、先刻——張《チャン》と一緒にいた時のような卑屈《ひくつ》な印象は欠片《かけら》も無い。

相手に敬意を払いながらも、自分こそが全《すべ》てだと胸をはるような——そんな威厳と自信に満ち溢《あふ》れた声だった。

土海大地＝金島銀河《かなしまぎんが》の事実に、ネジロは無言のままで驚いたように目を開く。

それに対して、潤《じゅん》はチェーンソーを二台構えたまま、口元に柔和《にゅうわ》な微笑《ほほえ》みを浮かべて見せた。

自分の推測が当たっていた事に満足したのか、少しだけ嬉《うれ》しそうな声で金島に答える。

「ええと……手、です」

「手?」

「昨日《きのう》——貴方《あなた》とジャンケンした時、普通の人と比べて——反応が一瞬遅かったんです。えと、普通の人はジャンケンポンの『ポ』のところで指を動かし始めるんですよ。でも、貴方はそれが一瞬遅れてたんです。それに——指の動きも、生身《なまみ》の手に比べて少しだけぎこちなかったから……だから、貴方が義手《ぎしゅ》なんじゃないかって思ったんです」

「そして、金島銀河が義手だって事は、ジャンケンの直前に俺《おれ》自身が言ってた……ってわけか」

金島は自虐《じぎゃく》的に笑うと、目の前の娘《むすめ》の顔を見る。

彼女の目は相変わらず前髪に隠れているが、彼女の顔からは特に後ろめたい事は感じられない。恐らく、本当に自分だけで推測して、今の自分に突きつけたのだろう。

金島は、自分がカマをかけられたとは感じていない。正体がばれるのは、夕べ潤達にわざと捕まった時点からある程度覚悟《かくご》していた事だ。

本当は、単にカジノの従業員が持ち逃げした銃《じゅう》を回収する事が目的だったのだが——彼の目の前に潤が現れた瞬間、彼は東区画の護衛部隊の実情を見たいという好奇心に駆《か》られた。もっと乱暴な拷問《ごうもん》でも受けるものかと思っていたが、そんな事は一切無くて拍子《ひょうし》抜けするぐらいだった。万が一殺されそうになったとしても——彼にはいつでも逃げ出せるという自信があった。

だからこそ、彼は自分の正体がばれたにも関わらず、そこまでの動揺は見せなかったのだ。

「やれやれ……また、顔を変える必要がありそうですね」

今の自分の顔が整形である事を告白しながら、金島は通路脇《わき》の手すりに手をかける。

手すりの反対側は当然中空になっており、下に落ちれば巨大なエンジンの上に激突する羽目《はめ》になる。

「しかし……良く解《わか》りましたね、あれだけの手の動きで」

「人の顔色とか手先を見るのが、昔から好きなんです。……この島の人達は、とても面白《おもしろ》い表情や動きをするから、見てて飽《あ》きませんよ？」

どこかピントのずれた解答だったが、金島《かなしま》は特に気にせず笑って見せた。

「なるほど……流石《さすが》はこの『島』の最古参《さいこさん》の一人ですね」

金島は首をコキリと鳴らしながら、潤《じゅん》とネジロを交互に見比べる。

「最……古参……？」

それまで黙っていたネジロが口を開き、金島が淡々と少年の言葉に反応する。

「ええ、私もそこそこには調べてますからね。彼女はこの『島』が国から放置された直後――つまり、この歪《いびつ》な『街』が生まれた時から、ここに居ると。現在の東区画のボスに引き取られ、娘《むすめ》のように育てられた――いや、年齢《ねんれい》から考えると妹のようにと言った方がいいですかね」

「ええと……ボスとは家族っていうより、雇《やと》い主《ぬし》とアルバイトっていう関係ですよ。家族って言うには、未《いま》だに本名も知らないんですから」

潤は困ったように否定するが、金島はそれを無視して話題を変える。

「――それで、貴方《あなた》は何をしにこの場所へ？　逃げた私を追って来た……にしては、この場所が解った理由が解りませんね」

自分がネジロに対して行ったように、発信機の類《たぐい》でも付けられていたのだろうか。金島はそう考えたが、仕込まれた物や仕込まれる隙《すき》が思い当たらない。

「……あの……貴方を見つけたのは偶然で……ここには、仕事で来たんです」

「仕事？」

「ええ、ボスに言われて——この場所にいる、ネジロ君っていう子供を護衛しながら連れて来いって……」

潤の言葉を聞いて、ネジロは改めて彼女を注視する。


この人が——僕の待ち人？

東区画の組織が寄越した案内人？

こんな若い女の人が？

両手にチェーンソーを持った護衛部隊長——噂《うわさ》には聞いてたけれど——

まさか本当にチェーンソーしか使わないのか？

そして——この『島』の最古参？

どうしようもなくだらけて腐《くさ》ったこの世界を生み出した人間の一人？

僕が捨てられたのは、こんな島があったからだ。

この島さえなければ——そう思った事は何度もある。

『ラッツ』の皆と一緒に居た時だったら、この人の事を恨《うら》んでいたかもしれない。

だけど——今は違う。

僕は『ラッツ』を裏切って——この島の権力者にみんなを売り渡したんだ。

『島』から逃げる力を得る為に、この腐《くさ》った世界を作った奴《やつ》らに魂《たましい》を売り渡したんだ。

僕が『島』を出たとしても——どうせ光のある生活なんかは待っていないんだ。僕は知っている。本当にこの『世界』とは違う世界を望むのなら——『島』を出た後に必要な物がある。

力だ。それは金かもしれないし、権力かもしれない。

手に入れる為には——手を組むしか無いじゃないか。この島の権力者と——この世界を生みだした連中と——。そのことに気付いたからこそ、僕は『ラッツ』を裏切ってまで奴らに取り入ったんだ。

そうだ、だからこそ……この護衛がここにいるんだ。

自分は運よく大地《だいち》——いや、金島《かなしま》の手から逃れられたわけじゃない。

助けが来たのは偶然なんかじゃない。奇跡なんかじゃない。

運なんかじゃないんだ——これは、僕が自分の実力で掴《つか》み取った結果なんだ——

ただ一つ問題があるとすれば——

この女の人が、ちゃんと僕を護ってくれるのかって事だけだ。

……なのに——なんでこの人、僕にもチェーンソーを向けてるのさ!

ネジロの心の絶叫《ぜっきょう》をよそに、潤《じゅん》はチェーンソーを下げようとしない。

エンジンの小型化が進むまでは4～5キロあったチェーンソーだが、軽量化が進み、潤の使っているものは最低でも1～2キロ程の重量になっている。しかし、その重さでも女性が二台も振り回すのには尋常ではない訓練がいる筈《はず》だ。

ましてやずっと同じ位置にとどめ続けるのはかなり筋肉を疲労させる筈なのだが——彼女は汗一つ掻《か》かずに、左右の二人に対して同じ姿勢で回転を止めた刃《やいば》を向け続けていた。

そのまま暫《しばら》く黙っていたかと思うと、彼女は金島に向かって顔を上げ、ゆったりとした口調で語りかける。

「ええと……金島さん。貴方《あなた》も私達の護衛対象ですよね。昨日ジャンケンで私に勝ったんですから……」

「？」

「でも、この子も私の護衛の対象なんです。だから……どっちを護っていいのかわからなくなってしまいますんで——喧嘩《けんか》はやめて貰《もら》えると助かるんです」

前髪の下の目は窺《うかが》いしれないが、冗談《じょうだん》や皮肉で言っているようには聞こえない。

「……ハハ、ハハハハハハ！」

金島は一瞬呆《ほう》けたように口を開いていたが——そのまま、開いた口を塞《ふさ》がずに、純粋な笑いを漏《も》らし始める。

「おかしなことを言いますね！　貴方《あなた》は……もう私は土海《つちみ》じゃない、金島銀河《かなしまぎんが》の正体を現したんですよ？　それにも関わらず、そんな事を尋ねてくるなんて——」

「それだけじゃありません」

金島の笑いを遮《さえぎ》るように、潤《じゅん》は少しだけ真剣な顔つきになって言葉を紡《つむ》ぎだす。

「貴方が、たった一人に対する復讐《ふくしゅう》の為に、この『島』を壊《こわ》そうとしている話——もしも本当なら……やめてもらえると、その……助かります」

微塵《みじん》の躊躇《ためら》いも無い潤の言葉に、金島は笑いを一旦《いったん》とめる。

そして、一瞬の間を挟《はさ》んで、狂ったように笑いだす。

「ハハハハハハハハハハハハハ！　ヒヤハハハハハハハハハハハハハハハ！」

少し前——ネジロと対峙《たいじ》していた時とはガラリと雰囲気が変わっている。

情けない連絡員としての仮面を脱ぎ捨てネジロと向き合っていた時——それでも彼はまだ『土海大地《だいち》』という仮面を被《かぶ》っていた。

二重に被られた仮面を取った事によって、徐々にその奥にある彼の本性、異常な執着《しゅうちゃく》心と凶暴性《きょうぼう》が見え隠れし始める。

「——これはこれは！　これまで以上に無茶《むちゃ》な事を言ってくれる！」

口調も明らかに変わり始め、面白《おもしろ》い生き物を見るような目で潤に言葉を吐《は》きかけた。

「いいか、いいかお嬢《じょう》さん！ 俺《おれ》は異常なまでに執念《しゅうねん》深いってのは昨日言ったよな！ 裏切ったネジロをわざわざここまで殺しに来るぐらいだもんなぁ？ そんな俺が、あんたに言われたぐらいで、どうして何年も追い続けた復讐《ふくしゅう》を諦《あきら》めろって言うんだ？ 他人を巻き込むなっていうのは却下《きゃっか》だぞ？ いいか？ 俺は他人なんかどうでもいいんだ。そんな俺が、あいつを苦しめる為にこの島をぶち壊《こわ》してるんだ。それを止《や》めたところで、一体どんなメリットがあるって言うんだ？ ええ、お嬢さん？」

狂ったように紡ぎだされる言葉の波に、しかし潤も怯《ひる》む事無く言葉を返す。

「私が、嬉《うれ》しいんです」

「……は？」

狂笑がピタリと止まり、金島は潤の顔を凝視《ぎょうし》する。

潤はそこでようやくチェーンソーを下ろし、金島と正面から向かい合う。まるで、尻餅《しりもち》をついたままのネジロを庇《かば》うかのように。

相手の顔を見据《す》えながら、潤は自信に満ち溢《あふ》れた声でもう一度言い切ってみせる。

「この島を壊すのを止めてくれると……私が、とても嬉しいんです」

金島は暫《しばら》く相手の様子を見ていたが——、やがて呆《あき》れたように口を開く。

「それ……俺のメリットじゃないじゃん」

「はい」

当然の意見に、潤《じゅん》はそれが正論だとうなずいてみせる。

「だから、これは取引じゃありません。命令でもありません。『お願い』なんです」

「……」

「金島《かなしま》さんも解《わか》っているでしょう——この島では、公正な取引なんてものは存在しません、存在できないんです。法の目も無いし、プライドなんて無い人達ばかりですから。だから——お互いのお願いを聞き入れあうだけの、取引もどきだけが成立するんです」

そこまで言うと、彼女はチェーンソーを持つ両腕をゆらめかせ始める。

「私には貴方《あなた》の気持ちはわかりませんし、復讐《ふくしゅう》は止《や》めろなんて言う気もありません。そして——人を傷つけるのは悪い事だから止めろ、なんて事も言いません」

彼女は静かに呟《つぶや》きながら、チェーンソーのアクセルスロットに指をかける。

「だって……この願いが聞きいれられないならば——私は、貴方を傷つけてでも、殺してしまってでも止めるつもりなんですから……」

その様子を見て、金島は相手の事を誤解していた事に気が付いた。

誰もかれもを護りたがる、お人よしの護衛隊長。彼は砂原《さはら》潤という人間をそういうタイプだと思っていたが——その実、『一線を越えれば、躊躇《ためら》い無く敵を殺す事ができる』人間だという事に気が付いた。

刹那《せつな》——金島は左手をポケットの中に突っ込み、右手の中にあるものを握りなおした。

ポケットの中にある携帯電話を、取り出しもせずに操作したかと思うと——金島の右手にあった物が、カチリという音を立てた。

それは、首を締めた際にネジロから奪い取っていた、純白に染め上げられた一丁《ちょう》の銃《じゅう》だった。

「これで、また撃てるようになった、と……」

白い銃身《じゅうしん》を、チェーンソーを構えた女に向けてゆっくりと持ち上げる。

しかし、潤は特にあせった様子を見せていない。

「玩具《おもちゃ》じゃない、ってのは解《わか》るよな？」

「……ええ。でも、銃の一丁を怖がっているようじゃ、護衛なんてできません」

「どうかなあ？　怖さを知ってる方が、気合の入り方が違うと思うぞ」

金島は潤の顔を凝視《ぎょうし》しているが、潤がどこを見ているのかは解らない。

「あの……それで、答えは……」

潤の問いかけに、金島は笑うように息を漏《も》らし——

「俺《おれ》の願いは、まずはあんたを殺す事だ」

言葉の途中から、彼女の顔面に向かって己の銃を突きつける。

次の瞬間——

チェーンソーの刃《やいば》を回転させるアクセルスロットと、白い拳銃《けんじゅう》の白い引き金。

二つの引き金が同時に引かれ、二人の間に激しい音が鳴り響いた。

金島《かなしま》が引き金を引く瞬間を、潤《じゅん》は決して見逃さない。

引き金を絞《しぼ》ると同時に、相手の弾道を読んでチェーンソーの刃《やいば》を滑《すべ》らせる。

エンジン音の隙間《すきま》に、硬い物を弾《はじ》いた金属音が響き渡る。

次の瞬間には二人とも地面を蹴《け》り、互いの懐《ふところ》にもぐりこむように跳躍《ちょうやく》する。

金島は手すりに足をかけ、一旦《いったん》手すりの外側に飛び出したかと思うと——腕の力だけで勢い良く反転し、そのまま通路の内側に飛び込んできた。

その変則的な動きに対し、潤は回転する独楽《こま》のように、すばやくその身を翻《ひるがえ》す。

二人の距離が縮まった瞬間——二回目の金属音が響き渡った。

△
▼

二つのエンジンを操りながら、潤の心は強く、ひたすらに激しく高揚する。

それでも最低限の理性は保ちながら、相手の動きを見て、それに対応した動きを最短距離で実行する。

リズムに乗れ。

リズムに乗れ。

エンジンのエンジンのリズムに乗れ。

回転音のリズムに心を乗せろ。

爆発音のリズムに身体《からだ》を乗せろ。

速く、速く、
ナイフよりも速く、
銃弾《じゆうだん》よりも速く、
コンマの単位で響く、エンジンのリズムに追いついてみせろ。

私はエンジン。

私はエンジン。

エンジンの動きを支配しろ。

エンジンと一つになれ――。

力強く
力強く――

もはや完全に部外者となっていたネジロは、激突する二人の動きを言葉も無く見つめている。

不規則でありながら、無駄《むだ》の一切無い動き。

直線距離を、円を描くように巨大な刃《やいば》を振り回す。

二つのチェーンソーの慣性《かんせい》を完全に操りながら、一度も勢いを殺す事無く動き続けた。

それに対して、不規則な動きで相手を翻弄《ほんろう》しようとする金島《かなしま》。

両側にある柵《さく》と手すりも地面と同じように扱い、物理法則をも翻弄するかのような動きを見せる。

全く違う質《たち》の二人の動きが、寸分の狂いも無く見事に噛《か》み合っている。

それはまるで――一つの舞《まい》を見ているようだった。

通路の端《はし》まで逃げた少年は、安全な場所からその異常な激突を見つめ続け――ある種の美しさすら感じていた。

彼自身、そんな感覚はこの島に捨てられた時点で失っていたと思っていたのに、彼は二人の動きから目を離す事ができなかった。

だが――その舞は、赤い血飛沫《しぶき》と共に終焉《しゅうえん》を迎える事となる。

金島が七発目の銃弾を放ち終えると――彼は、自分の武器である銃《じゅう》からその手を離した。

「!?」

潤《じゅん》が思わずその手で銃を払いのけた瞬間――金島は、己の右手を潤の腕へと勢い良く伸ばす。

腕を掴《つか》まれる事を警戒《けいかい》した潤は、即座に自分の右腕を引いた。

まるでクロスカウンターのような形で、互いの右腕が交錯する。

しかし、結局潤の腕を掴む事は叶《かな》わず、金島の指先は潤の腕をなぞるに留《とど》まったのだが
――

刹那《せつな》、革《かわ》スーツの腕の部分が勢い良く裂《さ》け、白い腕に一筋の赤い筋が走る。

さらに一瞬の間をおいて、激しい血飛沫が宙を舞った。

「――ッ!?」

腕に激痛が走り、潤は声にならない悲鳴をあげる。

それでも、エンジン音によってハイになったテンションは止まらない。彼女は構わず動き続けようとするのだが――深く傷つけられた腕の方が言う事を聞かず、チェーンソーが床に落ちないように指で支えるのがやっとだった。

アクセルスロットを強く絞《しぼ》る事もできなくなり、ダラリと下げられた右腕の先で、エンジンの回転が少しずつ弱まっていく。

彼女は一旦《いったん》動きを止め、もう片方のエンジンの回転も緩《ゆる》めて相手の出方を見る事にした。

反響するエンジン音が半減した事で、潤の攻め気が殺《そ》がれたのだろう。

そんな彼女の様子を見て、金島は楽しそうに自分の銃を拾い上げる。無論その際に隙《すき》を見せる事はせず、右手の指先を潤の方に向けて警戒している。

その指先は、肌《はだ》色の肉が破れており——中から、指一本分ほどの鋭い刃《やいば》が飛び出している。

破けた部分から赤い色は覗《のぞ》いておらず、潤《じゅん》は金島《かなしま》が義手《ぎしゅ》であった事を思い出す。

刃からは赤い液体が滴《したた》り落ちているが、切れ味が落ちているような様子は全く無かった。

「……ま、これ以上なんか仕込むと、義手としての機能が落ちるんでな。本当ならライフルか大砲でも入れたかったんだが」

ヘラヘラと笑いながら、金島は潤に向かって刃物の指先をカシリと鳴らす。

「なんだったら、逃げてみるか？」

挑戦的な言葉を投げつける金島に、彼女は静かな決意を言葉に直す。

「逃げません……ここで貴方《あなた》を逃がしたら、この島を壊《こわ》そうとするんでしょう？」

「……もう一本の腕もあがらなくなれば、少しは大人《おとな》しくなるか？」

「それでも——エンジンは止まらない」

「なら……そのチェーンソーを壊すまでさ」

どこまでも楽しそうな金島とは対照的に、潤はようやく伝わってきた痛みに顔を歪《ゆが》めている。

心臓の鼓動《こどう》に合わせて、背骨にまで刺すような痛みが伝染している。

だが——彼女の心は、未《いま》だ折れず。

「それでも、私は止まらない。エンジンは絶対に止まらない」

普段、他人に対する口調ではなくなり——まるで自分自身に言い聞かせるように、叫ぶ。

「この島が私の原動力だ、この島が私のエンジンだ！　この『島』の成長は、この島の営みは——誰にも止められない——私が絶対に止めさせはしない！　この『島』が動き続ける限り、私はこの島を止めさせはしない！」

矛盾した言葉だが、彼女はその言葉に絶対的な誇りを持っている。

今の叫びこそが、彼女がこの島で見つけた唯一の生き方なのだから。

美咲《みさき》が不運を言い訳にして受け入れるように、ネジロが『島』を拒《こば》む事で生きる力を得るように、金島が自分の歪《ゆが》みを目的に変えて生きているように——

彼女が選んだのは、この『島』と共生して生きる道だ。自分が『島』を護る。その自己満足を糧《かて》にして、『島』から生きる力をもらう、自己完結した共生関係。

そして今——彼女は確かに力を受け取っていた。この島の象徴でもある、世界最大級の巨大な動力装置。この場所で、島を破壊すると言っているこの男を相手に——彼女は、絶対に負けるわけにはいかなかった。

「何故《なぜ》そこまでする？　……ああ、そう言えば思い出したぞ」

金島は不思議そうな顔をした後、底意地の悪い笑顔を浮かべながら、通路の下にある巨大なエンジンに目を落とす。

「皮肉な事だが、お前の親父《おやじ》はそのエンジンに巻き込まれて死んだんだろ？　この島が憎くは無いのか？　……それとも、『お父さんとこのエンジンは一つになったんだ』なんてロマンチックな事でも考えてるのか？」

子供の頃から思い描いてきた、幻想だと自分で冷静に理解している、歪《ゆが》んだ幻想。

図星《ずぼし》だった。

「ハハッ！　お前がピンチになったら、このどでけえエンジンがロボットにでもなって助けてくれるってのか？」

完全に馬鹿《ばか》にしたような口調だが、潤《じゅん》は少しも怯《ひる》まない。

「助けてなんかくれない。ただ——見守ってくれてはいます」

彼女は強い眼差《まなざ》しで金島《かなしま》を睨《にら》みつけると、緩《ゆる》めていたアクセルスロットルを思い切り絞《しぼ》り込み、これまでで最大級の轟音《ごうおん》を周囲に響かせた。

「そう思う事ができるだけで——信じて生きる価値はある！」

流れるような動きで、彼女は金島に向かって走り出す。右腕は上げる事ができないままで、回転する切っ先をダラリと床に向けている。

「片腕で、どこまで防げる？」

金島は冷酷《れいこく》な笑いを浮かべたまま、何のためらいも無く引き金を引いた。

くぐもった発射音と共に、一発目は潤の左手のチェーンソーに弾《はじ》かれる。

そして、回転する潤の背に二発目を打ち込もうとしたのだが——

その瞬間、彼女は先刻のお返しとばかりに、左手のチェーンソーを手放した。

「!?」

チェーンソーが自分の方に向かって飛んでくる。まさかチェーンソーを飛び道具にするとは思わず、思わず両手で庇《かば》ってしまう。

激突。

だが、彼の身体《からだ》に当たったのは、チェーンソーの刃《やいば》ではなく、エンジンと燃料タンクの部分であった。

「ハハ……ハハハ！　残念だっ……ッ!?」

バシャリ
衝撃《しょうげき》と共に、彼の身体は何か妙な感触と音に包まれ——次の瞬間、彼は自分の鼻に鋭い匂《にお》いが突き刺さっていることに気が付いた。

思わず目を落とすと、足元に転がったチェーンソーの一部から、ドロリとした液体が漏《も》れている事に気付く。

潤は一発目を防いだ直後——下に垂らした刃でタンク部を傷つけ、液漏れさせてから金島へと向けて投げつけたのだ。

「!?」

自分に降りかかったのが、点火し易《やす》く調合された混合燃料だと気付いた時には既《すで》に遅く
——

潤《じゅん》はダラリと下げた右手をそのまま下におろし——鉄製の床に思い切り押しつけた。
最大限の回転は、まるで花火のように綺麗《きれい》な火花を飛び散らせ——
その激しい火花が、金島《かなしま》の身体《からだ》に容赦《ようしゃ》なく降り注いだ。

「——————ッ!!」

今度は金島が声にならない悲鳴をあげる番だった。
その瞬間を見逃さず、潤は右手のチェーンソーを左手に持ち替え——
勢い良く回転しながら、金島の身体に飛びかかる。

——人の死も——

全《すべ》てを終わらせようとする潤は、世界がやけにゆっくり動いているように感じられた。

——人の生も——

一人の男の命も、過去も、人生も、全てを平等に奪う瞬間。彼女の頭の中は驚くほど冷静で、スローモーションとなった世界の中で、その『覚悟《かくご》』だけが冷静に時を刻み続ける。

『島』を護る為に人を殺す——彼女にとっては未体験の領域に踏み込む為の『覚悟』。

——人と人の繫《つな》がりも——全てはこの島の一部。

純粋で、恐ろしく深い『覚悟』を含んだ刃《やいば》が、金島の肩口にゆっくりと吸い込まれる。

——私も、既《すで》にこの島の一部なんだ。

今までの思いを再確認しながら、彼女は回転する刃に自分の体重を乗せていく。

——この島に足を踏み入れた瞬間から——私も、この男さえも、確かにこの島の一部なんだ。

回転するチェーンにアロハシャツの繊維が巻き込まれ——その繊維が、次の瞬間には赤色に染まる。

――だから私は、この瞬間だけは――島を護る為だなんていう言い訳はしない。

赤く染まるチェーンを見ながら、潤《じゅん》は自分の決意を噛《か》み締める。

――私は、私の我侭《わがまま》の為だけにこの男を斬《き》る。

――私がこの島の魂《たましい》に消えて欲しくないから。ただそれだけの我侭の為に、私は生きる。

――この島の存在こそが、この島の魂そのものなんだ――

それを悟《さと》ると同時に、潤の世界に時間が戻り――

――彼女の持つチェーンソーが、金島銀河《かなしまぎんが》の身体《からだ》を赤く赤く切り抜いた。

赤く赤く、どこまでも赤く。

飛び散る血飛沫《しぶき》は、まるでエンジンの音に合わせて踊っているかのようだった。

△

▼

「あの……歩けますか？」

潤の言葉に、ネジロは静かに頷《うなず》いた。

自分の想像を遙《はる》かに超えるものを見た少年は、彼女に声をかけられ、思わず身体《からだ》を震わせてしまう。

「あはは、御免《ごめん》なさい、怖がらせちゃって……でも、大丈夫ですよ。後は君をボスの部屋まで連れていくだけですから――」

そう言いながら、彼女は自分のTシャツを破き、包帯《ほうたい》代わりにして腕の血を止めている。

彼女に何か声をかけようと思っていたのだが、ネジロには何を話せばいいのか、何を聞けばいいのかさっぱりわからなかった。

「一つだけ――いいですか？」

「え？」

それでも何かを聞こうとして――彼が、人を殺す前に必ず尋ねていた問いを投げかける。

「この島に――希望はありますか？」

聞くだけ聞いて、相手の言葉を待たずに殺す、それがいつものパターンだった。

そんな真似《まね》をしていたのは——彼自身、その答えを聞くのが怖かったからかもしれない。だが、今の自分は——多少危機はあったが、初めて希望と言えるものを手に摑《つか》んだのだ。東区画の組織の中に入って、力を手に入れる。その願いが叶《かな》いかけているのだ。今だったら、たとえどんな答えが返ってきても受け入れる事ができる。

そう思って尋ねたのだが、彼女の答えは不可思議なものだった。

「あるけど——すぐに無くなっちゃうんですよ」

「え……」

「この島にとっての本当のエンジンは——人間なんです。人間の希望と絶望を交互に動かして、人の命やお金を燃料にして……最低の島だと思います。でも、私はこの島を護る。私の我侭《わがまま》の為だけに、この島を護る為に、そんなささやかな自己満足を得る為に——私はいくらでも悪人になります。……だけど、そんな希望も、この島はすぐに何処《どこ》かに持っていってしまうんです。だから、この島で生き続けるには——次から次へと新しい希望を見つけないと、とっても大変なんです」

彼女の言っている事はよく理解できなかったが、それ以上聞くような気分にもならず、そのまま沈黙してしまう。

潤《じゅん》は自分の治療を終えると、チェーンソーを背中のバッグに仕舞《しま》い込む。

全《すべ》ての準備が終わると、彼女は静かに立ち上がってネジロの手を引いて歩き出した。

「じゃあ……行きますよ」

誰かに手を引かれるのは、何年ぶりになるだろう。

少年は、潤の手の中に懐《なつ》かしい温《ぬく》もりを思い出しながら——頭の中で慌《あわ》ててそれを打ち消した。だが、手を払うような真似はせずに、そのまま彼女に手を取られて歩き続ける。

地上に向かう通路を暫《しばら》く進んだところで、潤は思い出したように、先刻の話の続きを紡《つむ》ぎだした。

「あのね……この島は、希望をすぐに持っていくと言いましたけど、絶望も同じことですよ。この島は希望もすぐに奪っていくけれど……絶望も、すぐに持っていってくれるんです」

「え？」

「だから……絶望しても、絶対に諦《あきら》めたら駄目《だめ》なんです……」

ネジロを見る彼女の目は、自分の家族を見守るかのように優しく——

「貴方《あなた》も、すぐにわかりますよ」

そして、ほんのわずかな悲しみの色が含まれていた。

「……すぐにね」

終章

『ラッツ』

日曜日　『島』――某所《ぼう》

そこは、酷《ひど》い場所だった。

最下層のようにゴミの山とゴミのような人間が集まっているわけでもなければ、毒や死体に溢《あふ》れているというわけでもない。

ただ――そこには、何も無いだけだった。

島の建築途中に存在し、建設放棄《ほうき》と共にそのまま忘れられた四畳《じょう》半程のスペース。

何処《どこ》とも道が繋《つな》がっておらず、偶然迷い込んだとしても、何の興味も湧《わ》かずに、そのまま忘れ去られてしまうような空間。

迷路のような地下街に存在する、路地裏の裏の更に裏。

いくつものガレキの山を乗り越えた先に存在するのは、ヒビの入った壁と、床に散乱するパイプや鉄骨の数々。壁の上部に設置された幾《いく》つもの通風孔《こう》からは、妙な匂《にお》いのする生暖かい風が吹き続けている。天井《てんじょう》も決して高いとは言えず、獲《と》るエサが存在しないのか、くもの巣一つ張っていない。

天井や壁の僅《わず》かな隙間《すきま》から、近くの場所にあるらしい蛍光灯の明かりが漏《も》れているが——本を読むには程遠く、三日月の明かりよりも頼りないものだった。

そもそも、普通にこの島で生きているならばガレキを乗り越えるような真似《まね》はしない。そんな事をしてもエネルギーの無駄《むだ》にしかならないという事を、この島に住む人々は本能的に知っているからだ。

そんな『忘れられた空間』の片隅で、一人の少年が壁に背をつけて座っていた。

両足を伸ばし、ただ、虚空《こくう》を見上げながら——暗闇《くらやみ》の中を静かに見つめている。

何時間も、何十時間も——

薄い闇《やみ》の中で、空《うつ》ろな瞳を瞬《しばたた》かせながら——白い服の少年はただ、思い出す。

自分がどうしてここに居るのかを。

どうして、自分の両足が動かなくなってしまったのかを——

△

▼

「ヤア。実際会うのは初めてだネ。電話の声と大体イメージ一緒だヨ。いや、良かった」

柔和《にゅうわ》な笑みを浮かべる男に対して、少年は静かに頭を下げる。

男は少年の全身を見ながら、ペラペラと実に楽しそうに喋《しゃべ》り続けた。

「これで張《チャン》みたいなガタイの奴《やつ》が来たらどうしようかと思ったけどネ。いやいや、子供らしい事は大変結構だと思うヨ。その大人《おとな》しそうな外見なら、確かに平岩《ひらいわ》君が油断するのも頷《うなず》けルね。あ、平岩っていうのは……昨日君に殺された——うちの幹部だけどネ」

男はそこで言葉を一旦《いったん》区切り——少年は、背中に僅《わず》かな冷や汗を掻《か》いた。


その部屋は、予想以上に質素な部屋だった。

コンビニエンスストア程の広い部屋に、いくつかの机と棚が置かれ、何か事務関係の仕事を行うオフィスのような造りの部屋だ。部屋の入口近くには接客用のソファとテーブルが置かれており、部屋の奥には窓に背を向ける形で木製の事務机が置かれている。

机の上にはパソコンと電話が置かれ、横の壁には大型の壁掛けテレビが設置されている。

ここは、東区画のカジノに隣接するホテル。

その最上階に近い部屋で、白服の少年と国籍不明の青年が対峙《たいじ》する。

青年といっても外見からは年齢《ねんれい》が良くわからず、若いようにも中年のようにも見て取れる。

東区画の『ボス』——ギータルリンと、『ラッツ』のリーダーであった少年、ネジロだ。

「まあ、君が仲間を裏切ってくれたおかげで——我々はしっかりと得をさせてもらったヨ。中々流通ルートに乗らない新型の銃《じゅう》を五十丁《ちょう》。そして——西区画の連中が、我々を狙《ねら》っている事もはっきりしたわけだネ」

ギータルリンは事実だけを淡々と述べながら、少年の方に自然な動きで近づいた。

「さて……君は見返りとして、内の組織の一員となるわけだけど……」

そこでギータルリンは静かに笑い、ネジロに意地の悪い質問を浴びせかける。

「君は、どうしてそこまで力に拘《こだわ》る？ 仲間だった『ラッツ』の子供達を率いていれば、この島でそこそこの幸せは手に入ったと思うけどネ？」

「……」

ネジロは少しの間迷ったが、結局彼は全《すべ》てを話す事にした。自分がこの島に捨てられた経緯《けいい》に始まり——自分が力を求めた理由から、最後には——自分が外の世界に帰るだけの力を手に入れたいという事まで——

「なるほど、ネ」

ギータルリンは静かに呟《つぶや》くと、ヘラヘラと笑いながら言葉を紡《つむ》ぎ始めた。

「これがよくできた物語なら、スラムの隅に教会とか孤児院があってサ、そういう子供達はマザーとか御父様《おとうさま》とか呼ばれる奴《やつ》に優しく育てられるんダ。……だ・け・ど、この島にはそういう優しい人は来なかったというわけかネ」

ふざけているような言い方だったが、ネジロに反論する気は起こらない。反論したところで何の効果も無いだろうし、これからの自分の雇い主の反感を買う事は無いと判断したのだ。

「まあ、例外はどこにでもあるさ。例えば——ただでさえ大家族なのに、他人の子供を引き取って育てる飯塚《いいづか》食堂の夫婦とか、10年程前、島でチェーンソーをいじってた子供に興味を引かれた私とかネ」

「……」

「しかし」

そこでギータルリンの笑いがピタリと止まり——彼の目が、先刻までとガラリと変わったものになる。

緑色がかった彼の瞳には、ネジロがこれまで見た『島』の人間とは比べものにならない程に暗い光が宿っており——

「君は、西区画が排他的だと言ったけれど……それは彼らの一面に過ぎないよ」

彼がそう言うのと同時に——ネジロの後ろで扉の開く音がする。

そこには、チャイナドレスを着た美しい女と——その背後に控える、四人の男の姿があった。

「……」

ネジロは、何も答えない。その代わりに、チャイナドレスの女が無表情のままで言葉を紡《つむ》ぎ始めた。

「ご苦労様、ギータルリン。……それで、その子がそうなのね？」

彼女の浮かべる無表情は、ネジロや『ラッツ』の子供達が浮かべるものとは明らかに異なる。その無表情の中には何も無いのではない。逆に、あらゆる感情や思いを全《すべ》て煮詰めた上で、それらの激情を上手《うま》く飼《か》いならしている。そんな印象を与える表情だ。

「こっちの裏切り者は追々《おいおい》始末を付けるとして……そっちはどうなの？」

彼女の言葉に、ギータルリンは静かに頷《うなず》いた。

「話した通り、『ラッツ』の子鼠《ねずみ》達は銃《じゅう》だけ取り上げて解放したよ」

「――――！」

それは一体どういう事なのか。問い詰めたい気持ちで一杯だったが、彼の喉《のど》は上手《うま》く声を捻《ひね》り出す事ができないでいる。本能的に、現在の状況がとてつもなく危険である事を察知しているのかもしれない。

「さて、と。ネジロ君。……君が連絡取っていた西区画の幹部はね、ここにいるイーリーさんっていう幹部の人と仲が悪くてネ。……早い話、君達が殺した西区画の人間は、全員彼女の一派の人間なんだヨ」

ネジロはそこまで聞くと、完全に状況を理解する。

逃げるか、抵抗するか――そのどちらの道を選択する暇《いとま》も無く――彼は四人の黒服によって床に押さえつけられた。

「あー、安心してヨ。殺すわけじゃないからネ。そういう約束だろ？ ただ——日本人《にほん》の言い方で言うなら、『オトシマエ』って言うのかナ？ それだけは、しっかりと付けておかないと——君の存在が、今後西と東の対立の原因になるかもしれなイ」

「あら……死ぬ可能性は充分すぎるほどにあるわよ……」

二人の会話を聞いて、これから自分が何をされるのかを理解する。

それを悟《さと》った瞬間——少年は、自分が驚くほどに冷静である事に気が付いた。

ギータルリンの顔を見上げ、少しだけ悲しそうな声で言葉を紡《つむ》ぐ。

「残念だな……貴方《あなた》は、そういう人じゃないと思ってたのに」

哀れみを誘うその声に、ギータルリンは困ったような笑顔を返す。

「私を信じていたのかネ？ それとも——疑いに疑った挙句《あげく》に、君は私が信頼に足る人物だと判断したのかナ？」

「……」

「人を疑うという事はネ——仮にそれが誤解だったとしても、疑いが晴れたとしても、自分の心の中に『あの人を疑ってしまった』という罪悪感が残る。人を信じるのも、裏切られた時に受けるショックは凄《すご》いヨ。ハンパじゃない。人を信じるのも疑うのも、実に重い覚悟《かくご》がいる事だ。それが嫌《いや》なら、最初から人を信じるの疑うの考えない事だヨ」

沈黙するネジロに、ギータルリンは静かに語り続ける。

彼の目にはどこか悲しそうな色が浮かんでいるが、それがネジロに対する憐憫《れんびん》なのか、それとも自分自身に対する感情なのかは解《わか》らない。

「人との交わりに、覚悟《かくご》が必要無い事なんて無いヨ。君は覚悟をする事を、この島と関わることを否定した。だからこそこういう結果が待っていたのかもしれないネ」

そこで言葉を区切るギータルリンに対し、ネジロは不思議そうに言葉を紡《つむ》ぎだす。

「貴方《あなた》は——善人なのか？　それとも、悪人なのか？」

少年の問いかけに対して、ギータルリンはゆっくりと首を振ってみせる。

「それを決めるのは、客観的に見ている君の方じゃないのかナ。ただ——君が知っているのは、この島での私に過ぎないと思うヨ」

「……」

「この島を存続させる為に、私は各国の組織の支援を受け——金の浄化《じょうか》にも手を貸してきた。その金が何に使われるのか、もちろん理解しているつもりだヨ」

自分が手を染めている悪事を語り出し、自分が島の外から見ればどういう人間なのかを淡々と紡ぎだす。まるで、ここに存在しない誰かに対して懺悔《ざんげ》をしているかのように。

「私は、自分で評価する限りでは悪人なんだよ。この島という世界の中でだけ、偽善《ぎぜん》という仮面を被《かぶ》ったどうしようもないゲスな悪人なんだ。本当に気が付かなかったのかネ？」

そこで一旦《いったん》言葉を止めると、暫《しばら》く迷ったような顔をして、イーリーの方に目線を向ける。

イーリーは相手の意図を汲《く》み、無言のままで頷《うなず》いてみせた。

彼女の反応に安心したように笑い、ギータルリンはこの島の秘密の一つを暴露《ばくろ》する。

「あのね、この東区画に援助している組織はいくつもあるんだけどサ……そのうちの一つって、実は西区画のバックにいるのと同じ組織なんだよネ。つまり、根っこのところでは同じ組織なんだよね、我々って」

それは、ネジロにとって初耳だった。

つまり西区画と東区画は——同じ繋《つな》がりのある組織同士で、協力したりいがみ合ったりしているという事になる。

「この島は壮大な茶番《ちゃばん》の上に成り立っている、奇跡的なバランスでできた城だヨ。だから私は——この美しい芸術作品を、なんとしてでも護りたい。……丸く納めるためなら、新しい部下の一人や二人——簡単に売り渡すってわけサ」

ギータルリンの言う『我侭《わがまま》』の単純な正体を聞いて、ネジロは自分が情けなくなってくる。

少年は全《すべ》てを諦《あきら》めたように、何も言葉を返さぬまま、静かに目を伏せる。

しかし、ギータルリンは言葉を止《や》めない。

自分に対する死すらも受け入れようとするネジロに対して、追い討ちをかけるように呟《つぶや》いた。

「だが——君はこの結果を予想しなかったわけじゃあない。そうだろウ？」

そう言われて、少年は黙り込む。

確かに、この結末を想像しなかったわけではない。だが——心のどこかで、彼はそれでもいいと思っていたのかもしれない。

死に対する恐怖は——彼の行動を止めるには至らなかったのだ。

「君は——死ぬ事でこの世界から逃げられると思ってないカイ?」

「……」

「それに、君は元の世界に帰りたいんじゃない。元の『世界』だなんて大げさだよ。君は——君を捨てた両親……父親と母親のたった二人に復讐《ふくしゅう》したいだけなんだロ?」

ネジロは、その言葉には反論しようとするが——もはや顎《あご》すらも押さえつけられて、思うように身体《からだ》が動かない。

「君は愚《おろ》かだヨ。本当に愚かダ。この島から逃げる事を誰よりも望みながら——この島を誰よりも否定しながら——君は結局、外の世界なんか見えていなかったのサ」

ただ、淡々としたギータルリンの声だけが耳に響いてくる。

「君達の組織の名前——ラットの複数系でラッツとかいったかネ。それは——ある意味ではお似合いの名前だヨ」

「——」

「ラットというのはネ、ドブネズミを改良して生まれた白い鼠《ねずみ》の事さ。薬物の実験に使われる、人の手によって生み出された生き物なんだヨ」

ネジロを押さえつける力は更に強まり、ギータルリンの言葉を聴きながら、徐々に視界が暗転していく。金島《かなしま》に首を絞《し》められた時の光景がフラッシュバックするが……あの時と違うのは、チェーンソー女が助けに来る事は無かった、という点だ。

「君は、この街に捨てられてドブネズミになった子供達を――ラットに品種改良したというわけだネ。でも、私はそれを評価してる。もし君が生き残れたら、その時は本当に部下にしても…………」

ギータルリンの言葉を最後まで聞くこと無く――彼の世界は完全に暗転した。


その後の事は、大体ネジロの予想通りとなった。

大体というのは――すぐに殺されると思っていたのだが、そうはならなかったという事だ。

ただ、事実だけを簡潔に述べるならば次のようになる。

少年は、両足を数箇所叩《たた》き折られ――

――島の中の、誰からも忘れられた場所に放置された。

そして、時間だけが刻一刻と過ぎ去り――

△

▼

それから、何十時間が経過したのだろうか。

世界から取り残された島の中の、忘れられた場所。

そんな場所に一人で取り残されたネジロは、足の痛みに耐えながら——ただ、虚空《こくう》を見つめ続けた。助けを叫ぶわけでもなく、感情を完全に失った表情で、薄暗がりの中を静かに座り込んでいるだけだった。

チャンスはある筈《はず》なのに、彼はそれを摑《つか》もうともしない。

——ここから出られたとして、その先に何があるっていうんだ。

全《すべ》てを利用し、全てを裏切り、全てを失った。

そんな自分が生き延びたとして、その先には何かあるのだろうか。

彼には結局答えが出せず、足掻《あが》くことも舌を嚙《か》む事もせずに時を過ごす。

——あの男が言っていたことは、正しいのかもしれない。

『君は——死ぬ事でこの世界から逃げられると思ってないカイ？』

その言葉が、何度も頭に蘇《よみがえ》る。

——そうなのかもしれない。結局は、金があっても力があっても——一度外の世界から捨てられた存在である僕が、元の世界に受け入れられる事は無いのかもしれない。

ならば自分は、何の為に力に執着《しゅうちゃく》していたのだろうか。

『君は元の世界に帰りたいんじゃない。元の世界だなんて大げさだよ。君は——君を捨てた両親……父親と母親のたった二人に復讐《ふくしゅう》したいだけなんだロ？』

また、あの男の言葉がよぎる。

——今にして思えば——あの男は正論を言っていたのだ。

——前の世界で自分が知っていた事と言えば——父と母が教えてくれた事が殆《ほとん》どだ。

そしてネジロは気付く。

自分があれだけ憧れた世界は、自分を捨てた世界は、この『島』の外にある全ての物が世界だと思っていたのに——それは結局、自分を捨てた父と母の周りだけが全てだったのだ。自分にとって、世界とは——自分を捨てた親と同義だったのだ。

それに気付き、彼は暗闇《くらやみ》の中で静かに目を瞑《つむ》る。

「これが……絶望って奴《やつ》なのかな……」

呟《つぶや》きながら、彼は最後に、自分の事を金島《かなしま》から救ってくれた護衛の言葉を思い出した。

『この島は希望もすぐに奪っていくけれど……絶望も、すぐに持っていってくれるんです』

チェーンソーを持った女は、そう言って優しく微笑《ほほえ》んだ。

——嘘《うそ》だ。今僕が味わっている感覚が絶望だって言うんなら——この『島』が、この何も無い糞《くそ》ったれな世界が、どうやって絶望を取り去ってくれるって言うんだ。そんな事、よほど運のいい奴《やつ》しか——

そこまで考えて、彼はさらなる深みに陥った。

——運のいい奴《やつ》、か。

とうとう自分の生き方まで否定してしまった。

——ああ、そうか。

——絶望を持っていってくれるっていうのは——絶望した人間は、すぐに死んでしまうっていう事に違いない。

一度考えてしまうと、それが世界の心理であるかのような錯覚《さっかく》に陥る。それを否定するものも肯定するものも無い空間の中で、ネジロは次第に考える事さえも諦《あきら》めるようになっていった。

それから更に何時間かが経過し——

彼は、一つの音に気が付いた。

通風孔《こう》の一つから、何かがはいずるような音が聞こえてくる。

「……？」

ネズミか何かだろう。ネジロはそう考えて特に気にしていなかったのだが——

やがてその通風孔の入口にある網がガタガタと揺れ始め——錆《さ》びた音と共に、通風孔の奥から開かれていくではないか。

そして、その中から小柄な人影が顔を出し——次の瞬間、その人影の持つライトが、眩《まぶ》しい光で暗闇《やみ》を照らし始めた。

「う……」

光になれていなかった目には、そのライトはあまりにも眩《まぶ》しすぎる。

思わず目をつぶってしまったところに——驚いたような声が浴びせかけられる。

「ああッ……だ、大丈夫ですか!?」

それは、自分より少し年下と思しき少女で——その声には、数日前のラジオで聞き覚えがあった。

「……君は……」

水色の服を着たその少女は、島で育つ子供達の中では日に焼けている方で、首から『地図、その134』と書かれたメモ帳をぶら下げている。

「霧野《きりの》……夕海《ユア》？」

この島のあらゆる『抜け道』を探し、誰も作った事の無い『完全な地図』を作ろうとしている少女。両親にこの島へと連れてこられて——そのまま先立たれてしまった少女。

——自分とよく似た境遇で、全く違う生き方を選んだ少女。

「え……そ、そうですけど、それよりも早くお医者さんを……！」

彼女は足の怪我《けが》を見て慌《あわ》てたように叫んでいるが、彼にとってはどうでもいい事だ。

ここから出ても何も無い。このまま死ぬ事を本気で考えていたのに、今更助かってどうしようと言うのか。

しかし、『放っておいてくれ』と言って追い返せば誰かを呼んできてしまうだろうし、今の自分の感情を説明したところで、理解してくれるタイプには思えない。

そこで彼は、ある事を思い付いた。

——どうせ死ぬのならば、『ラッツ』の仲間達の手に掛かって死のう。

ネジロに裏切られ、怨嗟《えんさ》に満ちているであろう彼らの手に掛かって死んでいくのだ。

それが自分の贖罪《しょくざい》であり、義務であるように感じ——彼は、少女に向かって呟《つぶや》いた。

「……今から僕が言う場所……そこをねぐらにしてる奴《やつ》らがいるんだ。名前を何人か教えるから——どうせ人を呼ぶなら、そいつらを呼んで欲しいんだ」

△
▼

更に数時間が経過して、ネジロの元に数人の子供達が現れた。

「ネジロ」

「ネジロじゃん」

無感情に呟《つぶや》く同年代、もしくは年下の子供達に対し——ネジロは力の無い声で話しかけた。

「……やあ」

暗がりの中で、少年は静かに呟いた。

『ラッツ』の仲間が、男女合わせて六人ほど。ネジロは全員が見知った顔であるという事を確認すると、どこか安心したようにため息を漏《も》らした。

「……ありがとう。言い訳もしないし——抵抗もしないよ。したくてもできないけどね」

その言葉に、少年達は互いに顔を見合わせる。

「ネジロ、さ。俺《おれ》達を裏切ったってホント？」

「裏切ったの？」

「僕達を売ったの？」

「東区画に？」

「お金とかもらえたの？」

——何を今更——

ネジロは苦笑したが、既《すで》に生き延びる事を諦《あきら》めている彼は、迷う事無く真実を告げる。

「裏切ったよ」

そこで一旦《いったん》言葉を区切り、彼は追い討ちをかけるように言葉を紡《つむ》ぐ。まるで、相手の怒りをより強く引き出そうとしているかのように。

「ああ、裏切ったさ！　東区画の奴《やつ》らと取引してね、君達を売っぱらったんだ！　自分だけがこの島を逃げ出そうとして！　君達が死ぬかもしれない、いや、絶対死ぬと思ってた！　その予想は外れたけど、僕は君達を殺そうとしたんだよ！　これでいいだろ！」

そこでネジロは言葉を止め、疲れたように俯《うつむ》いた。

目を瞑《つむ》ったまま、暫《しばら》く相手の反応を待っていたが——

子供達からネジロにかけられた言葉は、彼の想像を覆《くつがえ》すものだった。

「——で？」

「……え？」

「俺《おれ》達は、どうすればいいんだ？」

「私達は、ネジロに何をすればいいの？」

「教えてよ」

「いつもみたいに」

ネジロは相手が何を言っているのか解《わか》らず、慌《あわ》てたように声をあげる。

「どうすれば……って……僕が憎いだろ？　だったら、その通りにすればいいだろ……」

しかし、子供達は暗がりの中で互いに顔を見合わせ——無表情のままで呟《つぶや》いた。

「俺《おれ》達にはさ、そういうの良くわからない」

「裏切りが悪い事だってのはさ、頭の中では理解できるんだ。怒らなきゃいけないってもの理屈では解るんだ。……でも、別にネジロに対してどうこうしようって気にはならないんだ」

「そんなことよりさ、メシの食い方が解らないんだよ」

「お前がいないと困るんだよ。俺達、どう生きていいのか解らないんだよ」

淡々とした言葉。

その無感情な羅列《られつ》を聞いた時に、ネジロは気が付いた。

客観的な目から彼らを見て、初めて気が付く事ができたのだ。

彼らは自分と同じく、感情を自分の内に抑え込んでいるのだと思っていた。

だが、実際の彼らには、抑え込む感情自体が存在しないのだ。

喜びや悲しみはおろか、怒りや恐怖、欲望といった——生きる為の本能さえも。

そのままでは何も変わらない。

――こいつらは――いや――僕達は――

それは、皮肉にも八十島美咲《やそじまみさき》が叫んだ事と同じだったのだが、ネジロは知る由《よし》も無い。

――僕達は――他《ほか》の誰よりも、誰よりもこの『島』らしい存在なんだ――


自分は、彼らを生み出してしまった。

この島の一部を、生み出し、育ててしまったのだ。

この『ラット』達を生み出したのは、他《ほか》でもない自分自身だ。

どんな形であれ――自分はこの島の一部を、もっともこの島らしい部分を生み出してしまった。それはつまり、自分はこの世界と完全に同化してしまったという事だ。

――たとえこの島から逃げ出したとしても――僕はもう、この『島』の一部に過ぎないんだ。

どこまで行っても、この島の事を完全に忘れたとしても、彼らが存在する限り――

それに気が付いた時――ネジロは、もう自分は逃げられないのだという事を悟《さと》った。

言葉を無くす少年を前に、子供達は次々と勝手な事を呟《つぶや》き出す。

「どっちにしてもさ、俺達は、お前無しじゃこの島で生きていけない」

「あのね、もう二人ぐらい、餓死《がし》しそうなの」

「だから、俺達に生き方を教えろ。――俺達が、安心してお前に復讐《ふくしゅう》できるように」

「それが報《むく》いだ」

「報いなんだ」

「よくわからないけど」

「きっとそういうこと」

「そうだね」

「そう」

子供達の口から語られる、淡々とした言葉の羅列《られつ》。

感情の重みが欠片《かけら》も感じられないその声を聞いて、ネジロは自分にできる事に気が付いた。

自分が彼らから奪い去ったものを、彼らが無くした感情を、少しずつでも返していこうと。

彼らを、元の人間に戻そうと。

そう考え始めた時には——彼の中からは、死ぬという選択肢《し》が消え去っていた。


少年は心の中で笑う。

ただ、静かに笑う。

なんとかその笑顔を顔に浮かべようとしたが、どうしても上手《うま》く笑顔が作れない。

少年はぎこちない微笑《ほほえ》みを無理矢理作りながら、目の前にいる子供達に語りかけた。

「ねえ」

「なに？」

「僕は——一つ間違えてたよ」

そこまで言って、ネジロは自分の声が震えている事に気付く。

喉《のど》の奥から何かがこみ上げてくるのがわかる。

それでも彼は止まらずに、振り絞《しぼ》るように言葉の続きを紡《つむ》ぎだした。

「人間って、結構頑丈《がんじょう》なもんだね。……この島に住む人間は、特にね」

「そうかな」

「そうだよ」

「ネジロがそう言うなら」

「きっとそうだ」

——僕らの絆《きずな》は、誰にも切り裂《さ》く事はできない。

どんなに斬《き》れる刃《やいば》でも、どんなに強力なチェーンソーでも——

最初から存在しないものなど、どう足掻《あが》いても切る事はできないのだ。

そして、少年は声をあげて泣いた。

泣いたのは、何年ぶりだろうか。

感情をここまで激しく表に出したのは何年ぶりだろうか。

笑い方は忘れていたのに――泣き方だけは忘れていなかった。

そして彼は思い出す。自分の今の顔が――この島に来て初めて爆発させた感情だという事を。

両親が見当たらない不安から、今と同じように、涙が枯《か》れるまで泣き続けた事を。

子供達が不思議そうな顔でネジロの顔を見るが、彼には全く気にならない。

自分の涙が悔しさによるものか、それともそれ以外のものなのかは解《わか》らなかったが――

ただ一つだけ、確信が持てる事があった。

夕海《ユア》に見つけられた自分が、物凄《すご》く幸運だったという事を――

そして彼は、『ラッツ』の仲間達に教える事を決意する。
この涙の悲しさと嬉《うれ》しさを、
そして――この島の中に、確かに希望があるという事を――

余章

『大山鳴動して鼠一匹』

カジノホールの更に地下にあるＶＩＰルームで、二人の男女が向かい合う。

護衛を一人も引き連れていない、完全にプライベートな空間。

互いの手にトランプを握り締めながら、個人的な会話を繰り返す。

「逃げたらしいネ」

「そうね。こんなに早く死体が腐《くさ》るなんてありえないから」

互いに目を合わさぬまま、トランプの手札だけを見つめて言葉を交わし合う。

「あのさ、もしかして君。逃げるのを望んだりしてタ？」

「まさか」

「いや、だってサ、彼の放置場所を指定したのは君でしょ？」

「どうして、私に逃がす理由があるのかしら？」

その問いに答える代わりに――男は意味ありげに笑いながら話題を変える。

「君の元恋人、不起訴《ふきそ》処分になりそうだってネぇ。もしかしたら、またこの島に戻ってくる事を期待しちゃってるのかナ？」

「……手駒《てごま》になるかも、そうは思っているけれど」

「ネジロ君についても、君は同じように考えたんじゃないかナ？　もしかして、あれで生き残るようだったら手駒にできるかもってテ」

その問いに対して、女は無言のまま手札を見つめている。

「私は、それもアリかと思ったヨ。ただ、やっぱり仲間を殺されてるからネ。……でも——私と君が許したとしても、別に他《ほか》の幹部連中は誰も許してないんですよネ」

「私は許していないし、許すつもりも無い」

「……じゃあ、探し出すつもりは？」

「彼らはこれからが地獄《じごく》になる。でも仕方ないわ。自分達の手で、自分達の世界を地獄にしてしまったんだから」

女は静かにそう告げると、手札をテーブルに広げてみせる。

彼女の手札はストレートフラッシュで、その内一枚はジョーカーだ。

「私達にとって時間は無意味。悠久《ゆうきゅう》の時の中で、できるだけ長い苦しみを——」

「この島が、そんなに長く存在していられるト？」

「それは、貴方《あなた》達次第でしょう？」

女の言葉に、男は笑いながら手札を交換する。

その様子を見ながら——女は長いキセルを口に含み、煙と共に言葉を紡《つむ》ぐ。

「貴方はどうなの？　あの子鼠《ねずみ》の群をどうするつもり？　……何の考えも無しに解放したとは思えないけど」

「いいじゃないですか、彼らは『ラッツ』だ。実験の為だけに生まれてきた——いや、作られた鼠なんですから。この島の将来——生まれた時からこの島に居る子供達がどう育つのか——それを知るための実験台になって貰《もら》えばいいんですヨ」

その答えを聞いて、女は汚《きたな》い物を見るような目で男を睨《にら》む。

「……やっぱり、貴方は反吐《へど》が出るような悪人ね」

「だから——私はこの島が大好きなんですヨ」

男は流れるような手つきでカードを滑《すべ》らせ、一枚一枚を大仰《おおぎょう》にめくり上げる。

役は——見事すぎる程に完全な役無《ブタ》しだった。

「……他に、私が存在できる場所はありませんからネ」

△
▼

東区画では、今日も何時《いつ》もどおりの光景が繰り広げられていた。

――あああ、やっぱり私は不幸の星の元に生まれたんだわ。

美咲《みさき》は首筋にナイフを突きつけられ、そのナイフを持ったごろつきが、支配人に対してカジノの売り上げを要求している。

この『島』のどこでも見られるような平和な光景――

彼女達の元には、確実に『日常』が戻りつつあった。


カジノが襲撃《しゆうげき》されている頃、テーマパークの事務所では、暇をもてあました護衛部隊達が下らない雑談に興じていた。

「で、潤《じゅん》ちゃんの尊敬する人は？」

「ええと……ボスも尊敬できる人ですけど……そうですねえ、やっぱりトム・コメットさんです！」

「……誰それ」

カルロスの放つ疑問の声に、潤はあせったように言葉を続ける。

「……ええと……その……チェーンソー三つをお手玉しながら操る凄《すご》い人で……。あとは……チェーンソーでヒゲを剃《そ》る事ができる人とか……」

「……剃るほうも剃られる方も変態だ」

横で聞いていた張《チャン》が、呆《あき》れたように声をあげる。

「そんなんだから金島《かなしま》に逃げられるんだ」

「……ごめんなさい……」

結局、彼女は金島に止《とど》めを刺す事ができなかった。

義手《ぎしゅ》を一本と、首筋から胸の辺りの表面を切り裂《さ》いたのだが、どうやら致命傷にはならなかったようだ。

金島は自分の右手から溢《あふ》れる血を潤に浴びせかけ、落ちた義手と銃《じゅう》も拾わずに、あの地下空間から逃げ去ってしまったのだ。

「だから、謝るどころじゃねえだろそこはよ」

張が苛立《いらだ》たしげに突っ込んだ瞬間、管理事務所の電話が鳴り響いた。

ボンテージビキニの女が電話に出ると、彼女は顔色を変えながら潤に向かって報告する。

「大変よ！　カジノに刃物を持った強盗《ごうとう》が……」

「そんなん、向こうの連中にまかせとけよ。支配人の稲嶺《いなみね》とかもチャカ持ってんだろうが」

張はつまらなそうに答えるが、女は首を振りながら言葉を紡《つむ》ぐ。

「それがッ！　カジノに雨霧《あまぎり》がいたらしくって、強盗を速攻で殺した後で、美咲ちゃんを連れて逃げようとしてるらしいの！　今……たまたま居合わせた西の護衛団の人達が足止めしてるらしいけど……」

「雨霧《あまぎり》って――雨霧八雲《やくも》か!?」

伝説的な殺人鬼の名前を聞いて、張《チャン》は思わず椅子《いす》から立ち上がる。カルロスは口笛《くちぶえ》を吹きながら銃《じゅう》を手にとり、事務所内が騒然《そうぜん》とした空気に包まれる。

「おい、潤《じゅん》、お前が指揮して――」

張が振り返った時――彼女は既《すで》に存在しなかった。

事務所のドアが開け放たれたままで、彼女の机から二台のチェーンソーだけが持ち出されていた。


潤はチェーンソーを構えながら、カジノホールへと向かってひた走る。

これから向かう死地へと向かって、親友を助ける為に自分に気合を入れなおす。

美咲《みさき》に限らず、彼女は自分に助けられる存在ならば――誰でも全力で救おうとするだろう。

地下に向かう彼女の脳裏に、金島《かなしま》に言われた言葉が思い出される。

『エンジンと自分の父親を重ねているのか?』

『そんな非科学的な事を――』

――違う。魂《たましい》が存在するかしないか。そんな事、魂は答えない。

――ただ、現実を生きる人間だけがその魂に価値を生み出す事ができる。

――だから私は――私の誇りに賭《か》けてこの島を護り続ける。

強い決意を胸に秘めながら、彼女はカジノホールの扉を勢い良く開け放った。
——あの巨大なエンジンに、この『島』に——いつか必ず、魂を宿してみせる！

バルルルルルルルルルルルルルルル

彼女は迷う事無く、二台のチェーンソーのアクセルを絞《しぼ》り込み——
エンジンと猫《ねこ》は、島中を震わせるような叫びを響かせた。
どこまでも高く広がる青空の下を、高らかに高らかに。
天を突くようなその唸《うな》り声は、まるで島の成長を祝福するかのように——

蛇足章

『じゃれる男』

タイ――プーケット島、パトン・ビーチ

「戌井《いぬい》さんと言いましたか」

様々な人間の伝説を話す、虹色《にじ》の頭をした男に――日本人《にほん》と思しき男が言葉を返す。

「伝説の中でも、一際《ひときわ》輝く伝説を知ってますか？」

「へぇ……どんな奴《やつ》だい？」

「それは――伝説に終止符を打つ奴の伝説ですよ。ドラゴンの伝説よりも――そのドラゴンを倒した英雄の方が輝くんですよ。終わらせた伝説が多ければ多いほど、ね。ヘラクレスなんかがその良い例でしょう」

虹頭は暫《しばら》く考えていたが、やがて納得したように頷《うなず》き、酒をあおる。

「まあいいや、そうそう、あんたはここに観光で来たのかい？」

唐突《とうとつ》に話題を変えてきた虹頭に対し、日本人は少しも嫌《いや》がらずに答えを返す。

「ちょっと仕事道具を全部なくしちゃったものでね。仕入れに来たんですよ」

「ふうん……あんたの仕事って、軍人かなんかか？　なんか首筋と腕にすげえ傷があるけど……それにあんた、その右手義手《ぎしゅ》だろ？」

遠慮なく聞いてくる虹頭《にじ》に対して、日本人《にほん》は柔和《にゅうわ》な笑みを浮かべながら言葉を返す。

「ハハ、いやあ、ちょっと猫《ねこ》と遊んだら、引っかかれましてね」

「ヒャハハ！　どんなサーベルタイガーと喧嘩《けんか》したんだ？」

その後もいくつかの会話を交わし——日本人は仕事があるからと酒場を後にする。

「ああそうだ、面白《おもしろ》い話をしてくれた御礼に、いい事を教えてあげましょう」

別れ際——その日本人は、奇妙な事を言って去っていった。

「今年の冬は、貴方《あなた》の言う『島』には行かない方がいいですよ」

「は？」

「今度は、犬と遊ぼうと思いましてね……猫の時とは違って、全力でね」

タイの夏空は、どこまでもどこまでも青く——

虹髪の男は、懐《なつ》かしい『島』から見た青空を思い出していた。

「冬、か」

今の男がカタギではないという事を確信しながら、虹頭の男は静かに酒を飲みきった。

「そう言われると、行きたくなるよなあ……」

そして、楽しそうに楽しそうに笑いながら、独り言のように呟《つぶや》いた。

「いや、むしろ行くしかねえよ……なぁ？」

男の目線が、青い海に注がれる。

その先に、ある筈《はず》の無い『島』の姿を——虹頭の男は、確かにその身に感じていた。

To be continued?

あとがき

どうも、初めましての方は初めまして。それ以外の方、お久しぶりです。

この本は以前に出した『バウワウ！』という本と同じ舞台の話となっております。この本から読み始めても楽しめるように執筆したつもりではございますが、未読の方は『バウワウ！』の方も是非《ぜひ》とも宜《よろ》しくお願い致します！

※以下、ネタバレ含みます。

さて、『引き』です。

電撃文庫からデビューさせていただきまして、ようやく二年目に突入させていただきましたペーペーの身ですが、今回の本で初めて明確に『続く』という内容になってしまいました。

と言っても、事件自体はこの本の中で解決しているので、この本単発でもお楽しみいただけるようにはなっております。ただ、明確に『次がありますよ』という終わり方をしたのは初めての経験なのでどう受け取られるのかドキドキです。

本当は今回、葛原《くずはら》とケリー（『バウワウ！』の中心人物）を中心とした話も加える予定だったのですが、頭の中で構想を練ってる内に「あかん！　一冊じゃ足らん！」という結論に達して、気がついたら最後まで葛原《くずはら》が出てこないという事態になりました。
　イラストのヤスダさんと話している時に、
私「今回、夕海《ユア》は出ないかも……」
ヤスダさん「ええーっ!?　じゃあ、葛原は？」
編集長「ああ、葛原は出るよ」
私「あ、いえ、葛原も出ません」
編集長「ええーっ!?　プロットと違うじゃないか！」
私「ハハハ、私が提出したプロット通りの話を書いたためしが一度でもありますか」
編集長「威張《いば》れる事じゃないだろう」
　などという駄目《だめ》人間的会話が繰り広げられたりもする状況だったのですが、どうにかかこうして本の形にすることができました。この見返りとして、次回は葛原もケリーも大暴れな話が書ければなと思っております。脇《わき》役として。
　というわけで、冬頃にはこの『島』シリーズの第三弾『がるぐる！（仮題）』をお届けできるように頑張《がんば》ります。ということで、今後ともどうぞ宜《よろ》しくお願い致します！

※以下、更にネタバレ含みます。

さて、チェーンソーです。

チェーンソーは人を斬《き》る道具でも護身用の道具でもありませんので、良い子も悪い子も潤《じゅん》の真似《まね》をしないようにお願いします。大人《おとな》なら尚更《なおさら》です。フウー、こう書いておけば万が一何か起こった時に言い訳ができる……という本音はさておき、今回のヒロインはチェーンソー娘《むすめ》で、自分でも書いててとても楽しかった記憶があります。

書き始める前、果たしてチェーンソー娘などという設定が通るのだろうかとドキドキだったのですが――

私「編集長、今回は可愛《かわい》い女の子を主人公にしたいと思います」

編集長「だから君はそういう売りとか萌えとかいうのは考えなくていいって。芸風が違うんだから」

私「……芸風って言われても。まあその、『友達はチェーンソー』って設定なんですが」

編集長「採用！」

私「……提案しておいてなんですが、私は一体どういう芸風なんですか」

とまあ、そんな感じであっさりと通ってしまいました。この『島』の話においては更に濃いキャラクターを何人も用意しているのですが、今後の展開でお見せする事ができれば幸いです。

どうも私は『可愛いキャラがごつい武器』などといった『ギャップ』というシチュエーショ

ンが好きなようで、今後もちょくちょくそういうキャラを出していければなと考えている次第ですので、なにとぞお付き合いいただけますよう――

※以下は恒例《こうれい》である御礼関係になります。

いつもいつも御迷惑をおかけしております鈴木《すずき》編集長、並びに編集部の和田《わだ》様。毎度毎度仕事が遅くて御迷惑をおかけしている校閲の皆様。並びに本の装丁を整えて下さるデザイナーの皆様。宣伝部や出版部、営業部などメディアワークスの皆様。いつも様々な面でお世話になっております家族並びに友人知人、特に『S市』の皆様。色々な場所でお世話になっております電撃作家並びにイラストレーターの皆様。特に、執筆前に『バウワウTRPG』にてインスピレーションを高めて下さった、おかゆまさき（稲嶺光《いなみねひかる》）様、藤原祐《ふじわらゆう》（運び屋ヤマト）様、渡瀬草一郎《わたせそういちろう》（スリ師G）様。並びに、著者近影で協力して頂いた時雨沢恵一《しぐさわけいいち》様。

私にヘンテコなキャラばかりを押し付けられながらも、『楽勝っすよ』と不敵な笑みを浮かべて物凄《すご》いナイスデザイン（特にネジロ）をして下さったヤスダスズヒト様。（某《ぼう》誌での漫画連載開始、おめでとうございます！）

そして、この本に目を通して下さったすべての皆様。

――以上の方々に、最大級の感謝を――ありがとうございました。

２００４年５月　自宅にて

『サムライチャンプルー』を見てブレイクダンス剣術に挑戦し、思いきり腰を痛めながら。

成田《なりた》良悟《りょうご》

◉成田良悟著作リスト

「バッカーノ！ The Rolling Bootlegs」（電撃文庫）
「バッカーノ！ 1931鈍行編 The Grand Punk Railroad」（同）
「バッカーノ！ 1931特急編 The Grand Punk Railroad」（同）
「バッカーノ！ 1932 Drug & The Dominos」（同）
「バッカーノ！ 2001 The Children Of Bottle」（同）
「バウワウ！ Two Dog Night」（同）
「デュラララ!!」（同）
「ヴぁんぷ！」（同）

本書に対するご意見、ご感想をお寄せください。

■

あて先

〒160-8326 東京都新宿区西新宿4-34-7
アスキー・メディアワークス電撃文庫編集部
「成田良悟先生」係
「ヤスダスズヒト先生」係

■

電撃文庫

Mew Mew!

Crazy Cat's Night

成田良悟《なりたりょうご》

発行　二〇〇四年七月二十五日　初版発行
二〇〇八年十一月十日　七版発行

発行者　髙野 潔
発行所　株式会社アスキー・メディアワークス
〒一六〇-八三二六　東京都新宿区西新宿四-三十四-七
電話〇三-六八六六-七三一一（編集）
発売元　株式会社角川グループパブリッシング
〒一〇二-八一七七　東京都千代田区富士見二-十三-三
電話〇三-三二三八-八六〇五（営業）
装丁者　荻窪裕司（META＋MANIERA）
印刷・製本　加藤製版印刷株式会社

ISBN4-8402-2730-6 C0193

電撃文庫創刊に際して

　文庫は、我が国にとどまらず、世界の書籍の流れのなかで〝小さな巨人〟としての地位を築いてきた。古今東西の名著を、廉価で手に入りやすい形で提供してきたからこそ、人は文庫を自分の師として、また青春の想い出として、語りついできたのである。

　その源を、文化的にはドイツのレクラム文庫に求めるにせよ、規模の上でイギリスのペンギンブックスに求めるにせよ、いま文庫は知識人の層の多様化に従って、ますますその意義を大きくしていると言ってよい。

　文庫出版の意味するものは、激動の現代のみならず将来にわたって、大きくなることはあっても、小さくなることはないだろう。

「電撃文庫」は、そのように多様化した対象に応え、歴史に耐えうる作品を収録するのはもちろん、新しい世紀を迎えるにあたって、既成の枠をこえる新鮮で強烈なアイ・オープナーたりたい。

　その特異さ故に、この存在は、かつて文庫がはじめて出版世界に登場したときと、同じ戸惑いを読書人に与えるかもしれない。

　しかし、〈Changing Time, Changing Publishing〉時代は変わって、出版も変わる。時を重ねるなかで、精神の糧として、心の一隅を占めるものとして、次なる文化の担い手の若者たちに確かな評価を得られると信じて、ここに「電撃文庫」を出版する。

1993年6月10日
角川歴彦

電撃文庫

バウワウ！ Two Dog Night

成田良悟
イラスト／ヤスダスズヒト

ISBN4－8402－2549－4

九龍城さながらの無法都市と化した人工島を訪れた二人の少年。彼らはその街で全く違う道を歩む。だがその姿は、鏡に映る己を吠える犬のようでもあった——。

な-9-5　0878

MewMew！ Crazy Cat's Night

成田良悟
イラスト／ヤスダスズヒト

ISBN4－8402－2730－6

無法都市と化した人工島。そこに住む少女・潤《ジュン》はまるで〝猫〟だった。可愛らしくて、しなやかで、気まぐれで——そして全てを切り裂く〝爪〟を持っていて——。

な-9-9　0962

ヴぁんぷ！

成田良悟
イラスト／エナミカツミ

ISBN4－8402－2688－1

ゲルハルト・フォン・バルシュタインは一風変わった子爵《ししゃく》であった。まず彼は〝吸血鬼〟であり、しかも〝紳士〟である。だが最も彼を際立たせていたもの、それは——。

な-9-8　0936

デュラララ!!

成田良悟
イラスト／ヤスダスズヒト

ISBN4－8402－2646－6

池袋にはキレた奴らが集う。非日常に憧れる高校生、チンピラ、電波娘、情報屋、闇医者、そして〝首なしライダー《デュラハン》〟。彼らは歪んでいるけれど——恋だってするのだ。

な-9-7　0917

バッカーノ！ The Rolling Bootlegs

成田良悟
イラスト／エナミカツミ

ISBN4－8402－2278－9

第9回電撃ゲーム小説大賞〈金賞〉受賞作。不死の酒を巡ってマフィアや泥棒カップルなど様々な人間達が繰り広げる〝バカ騒ぎ《バッカーノ》〟。そして物語は意外な結末へ——。

な-9-1　0761

電撃文庫

バッカーノ！1931 鈍行編 The Grand Punk Railroad

成田良悟
イラスト／エナミカツミ

ISBN4－8402－2436－6

大陸横断鉄道に3つの異なる極悪集団が乗り合わせてしまった。そこに、あの馬鹿ップルを始め一筋縄ではいかない乗客達が加わり……これで何も起こらぬ筈がない！

な-9-2　0828

バッカーノ！1931 特急編 The Grand Punk Railroad

成田良悟
イラスト／エナミカツミ

ISBN4－8402－2459－5

「鈍行編」と同時間軸で視点を変えて語られる「特急編」。前作では書かれなかった様々な謎が明らかになる。事件の裏に蠢いていた〝怪物〟の正体とは――。

な-9-3　0842

バッカーノ！1932 Drug & The Dominos

成田良悟
イラスト／エナミカツミ

ISBN4－8402－2494－3

新種のドラッグを強奪した男。男を追うマフィア。マフィアに兄を殺され復讐を誓う少女。少女を狙う男。運命はドミノ倒しの様に連鎖し、そして――。

な-9-4　0856

バッカーノ！2001 The Children Of Bottle

成田良悟
イラスト／エナミカツミ

ISBN4－8402－2609－1

三百年前に別れた仲間を探して北欧の村を訪れた四人の不死者たち。そこで不思議な少女と出会い――。謎に満ちた村で繰り広げられる、『バッカーノ！』異色作。

な-9-6　0902

ルーン・ブレイダー！

神野淳一
イラスト／小川恵祐

ISBN4－8402－2734－9

『魔法』と『科学』を駆使した戦争が、文明を崩壊させて十数年。ジャンク屋の少年グローブと、呪いをかけられた少女アンの出会いが、新たな闘いの嵐を呼ぶ！

か-11-3　0966

電撃文庫

キーリ 死者たちは荒野に眠る
壁井ユカコ
イラスト／田上俊介
ISBN4－8402－2277－0

キーリは死者の霊が見える少女。ある日〈不死人〉のハーヴェイとラジオの憑依霊と知り合い、一緒に旅に出ることに!? 第9回電撃ゲーム小説大賞〈大賞〉受賞作。

か-10-1 0760

キーリⅡ 砂の上の白い航跡
壁井ユカコ
イラスト／田上俊介
ISBN4－8402－2380－7

キーリは、ハーヴェイとラジオと一緒に砂の海を渡る船に乗ることに。船を降りた後の不安を抱えながら、でも今を楽しもうとするキーリだったが……。

か-10-2 0792

キーリⅢ 惑星へ往く囚人たち
壁井ユカコ
イラスト／田上俊介
ISBN4－8402－2435－8

キーリとハーヴェイとラジオの兵長は、宇宙船の遺跡に近い街に住むことに。キーリは、バイトも始めて「ずっと住めたらいいな」と思い始めるのだが……。

か-10-3 0827

キーリⅣ 長い夜は深淵のほとりで
壁井ユカコ
イラスト／田上俊介
ISBN4－8402－2604－0

ハーヴェイが姿を消して1年半。ベアトリクスとラジオの兵長との生活にも慣れた様子のキーリ。ある日、キーリの亡き母の情報が入って旅立つ事に……。

か-10-4 0897

キーリⅤ はじまりの白日の庭(上)
壁井ユカコ
イラスト／田上俊介
ISBN4－8402－2728－4

植民祭の季節。不死人がいるという噂を聞いて、キーリとハーヴェイそしてラジオの兵長は、ウエスタベリに到着する。そこで彼らを待っていたものとは……!?

か-10-5 0960

電撃文庫

Missing 神隠しの物語

甲田学人

イラスト／翠川しん

ISBN4－8402－1866－8

物語は『感染』する。これは現代の『神隠し』の物語。その少女に関わる者は、誰もが全て『異界』へ消え失せるという都市伝説。電撃初の幻想譚、登場──。

こ-6-1　0569

Missing 2 呪いの物語

甲田学人

イラスト／翠川しん

ISBN4－8402－1946－X

木戸野亜紀のもとに届いた1枚のファックス。それは得体の知れない文字で埋め尽くされたとんでもない代物だった……。人気の現代ファンタジー第2弾！

こ-6-2　0594

Missing 3 首くくりの物語

甲田学人

イラスト／翠川しん

ISBN4－8402－2010－7

図書館の本にまつわる三つの約束事。それを破ると恐るべき異変が起こる。そして稜子のもとに借りたはずのない一冊の本が届いたとき、〝それ〟は起こった……！

こ-6-3　0624

Missing 4 首くくりの物語・完結編

甲田学人

イラスト／翠川しん

ISBN4－8402－2061－1

異端の著作家・大迫栄一郎──〝彼〟と〝首くくり〟と〝奈良梨取り〟にまつわるすべての謎が解き明かされる時──！超人気現代ファンタジー、第4弾！

こ-6-4　0649

Missing 5 目隠しの物語

甲田学人

イラスト／翠川しん

ISBN4－8402－2112－X

聖創学院でひとりの少女が自殺した。彼女は死ぬ前日〝そうじさま〟と交信していた。こっくりさんと同じやり方でやるその〝遊び〟は……！

こ-6-5　0678

電撃文庫

Missing 6 合わせ鏡の物語

甲田学人
イラスト／翠川しん

ISBN4－8402－2188－X

聖創学院大付属高校に訪れた文化祭の季節。美術部の展覧会場に設置された特別展は、一人の美術部員の〝悪夢〟を描いた連作だった……。超人気シリーズ第6弾！

こ-6-6　0719

Missing 7 合わせ鏡の物語・完結編

甲田学人
イラスト／翠川しん

ISBN4－8402－2263－0

異変の元凶と目されていた八純啓を襲った異常事態。それを契機に学園を次々と襲う不可解な事件――その先に……！　超人気現代ファンタジー第7弾!!

こ-6-7　0747

Missing 8 生贄の物語

甲田学人
イラスト／翠川しん

ISBN4－8402－2376－9

聖創学院付属高校の女子寮シャワー室から少女が一人消えた。ふたたび新たなる怪異の始まりなのか……。一方、空目はある決意を固めた。それは……！

こ-6-8　0788

Missing 9 座敷童の物語

甲田学人
イラスト／翠川しん

ISBN4－8402－2485－4

聖創学院付属高校に流行り始めた奇妙な〝オマジナイ〟……その背後には恐るべき秘密が隠されていた――。超人気現代ファンタジー第9弾、登場！

こ-6-9　0847

Missing 10 続・座敷童の物語

甲田学人
イラスト／翠川しん

ISBN4－8402－2571－0

聖創学院に蔓延する『自分の欠けたものを補ってくれる儀式』。そのオマジナイの影響が木戸野亜紀を蝕み始め……！　超人気現代ファンタジー10弾!!

こ-6-10　0883

電撃文庫

Missing 11 座敷童の物語・完結編

甲田学人
イラスト／翠川しん

ISBN4－8402－2703－9

自分の欠けているものを補ってくれるオマジナイ――どうじさま。そのオマジナイに隠された真の目的とは……！　シリーズ全体の核心に迫る11巻登場！

こ-6-11　0953

埋葬惑星 The Funeral Planet

山科千晶
イラスト／昭次

ISBN4－8402－2653－9

埋葬惑星ドールランド。猫型アンドロイドのジョーイは主人の亡骸を宇宙に放つべく、星に不法侵入した青年の協力を得ることにしたが……。期待の新人登場！

や-5-1　0919

埋葬惑星Ⅱ Rose Doll Frantic

山科千晶
イラスト／昭次

ISBN4－8402－2729－2

マスター登録偽造のため、ジョーイとモノローグはロボット市で賑わう工房惑星トーラスへ降り立った。だがジョーイが何者かに誘拐され……。シリーズ第2弾！

や-5-2　0961

我が家のお稲荷さま。

柴村 仁
イラスト／放電映像

ISBN4－8402－2611－3

三槌家の祠に封じられていた大霊狐が高上透を護るため現世に舞い戻った。世にも美しい白面の妖怪・天狐空幻《てんこくうげん》である。しかし、その物腰はやけに軽そうで……

し-9-1　0904

我が家のお稲荷さま。②

柴村 仁
イラスト／放電映像

ISBN4－8402－2726－8

〝御霊送り〟から1ヶ月。夏休みを過ごす透の前に、突然ムビョウと名乗るハイテンション（だけど不気味）な女性が現れた。彼女の目的とは……⁉

し-9-2　0958

電撃文庫

悪魔のミカタ　魔法カメラ

うえお久光
イラスト／藤田　香

ISBN4－8402－2027－1

「悪魔」で「カメラ」で「UFO」で「ミステリー」で第8回電撃ゲーム小説大賞〈銀賞〉受賞作で……電撃的ファンタジックミステリー、登場！

う-1-1　0638

悪魔のミカタ②　インヴィジブルエア

うえお久光
イラスト／藤田　香

ISBN4－8402－2075－1

みークルの面々が追う次なる《知恵の実》は、好きなものを消すことが出来るアイテム！　世の男ドモ、何でも消せれば何を消す？　……つまりそういうお話です。

う-1-2　0654

悪魔のミカタ③　パーフェクトワールド・平日編

うえお久光
イラスト／藤田　香

ISBN4－8402－2119－7

舞原妹の指令により舞原姉にデートを申し込むことになった堂島コウ。だが、もてもて男であるコウのはずが、どうしても最後の一歩が踏み出せず……！

う-1-3　0679

悪魔のミカタ④　パーフェクトワールド・休日編

うえお久光
イラスト／藤田　香

ISBN4－8402－2150－2

ついに舞原姉とデートすることになった堂島コウ。デートの先は遊園地で、苦手な絶叫系に次々と乗ることになったコウは、半死半生。そしてその先に……！

う-1-4　0686

悪魔のミカタ⑤　グレイテストオリオン

うえお久光
イラスト／藤田　香

ISBN4－8402－2174－X

みークルのメンバー真嶋綾の腕に突然取り付いた腕輪型の《知恵の実》。しかも二つ同時！　さらに一つは廃棄処分にされたはずのもので……真嶋綾、大ピンチ！

う-1-5　0705

電撃文庫

悪魔のミカタ⑥ 番外編・ストレイキャットミーツガール

うえお久光
イラスト／藤田 香

ISBN4－8402－2219－3

小鳥遊恕宇──9歳。日炉里坂で隠れもしない権力の一角、新鷹神社を継ぐものにして、特殊な力を持つ少女。もちろん普通の性格であるわけがなく……！

う-1-6 0734

悪魔のミカタ⑦ 番外編・ストレイキャット リターン

うえお久光
イラスト／藤田 香

ISBN4－8402－2269－X

冬月日奈との出会いによって、徐々に変化し始めた恕宇。だが、恕宇は日奈を打ちのめす計画を捨てたわけではなかった……！ 人気シリーズ第7弾！

う-1-7 0752

悪魔のミカタ⑧ It／ドッグデイズの過ごしかた

うえお久光
イラスト／藤田 香

ISBN4－8402－2317－3

アトリとともに旅に出た堂島コウ。ひょんなことから、同行することになった部長には、とんでもない秘密があった！ 超人気シリーズ第8弾！

う-1-8 0779

悪魔のミカタ⑨ It／ドッグデイズの終わりかた

うえお久光
イラスト／藤田 香

ISBN4－8402－2378－5

部長の逃走劇に巻き込まれた堂島コウは、襲い掛かる試練を次々と乗り越えていくのだが……！ シリーズの様々な謎が明かされる大笑い＆ビックリの第9巻！

う-1-9 0790

悪魔のミカタ⑩ It／スタンドバイ

うえお久光
イラスト／藤田 香

ISBN4－8402－2432－3

堂島コウ、舞原イハナ、ジィ・ニー、真嶋綾、小鳥遊恕宇、朝比奈菜々那、葉切洋平──彼らの日常を脅かすもの、それは『ザ・ワン』と呼ばれていた。

う-1-10 0824

電撃文庫

悪魔のミカタ⑪ It／ザ・ワン

うえお久光
イラスト／藤田 香

ISBN4－8402－2511－7

『ザ・ワン』の侵入を許してしまった和歌丘。その影響は徐々に広がり始め、だが抵抗する者も現われた！ しかも小学生！ えーっと……が、頑張れ小学生!!

う-1-11 0860

悪魔のミカタ⑫ It／ストラグル

うえお久光
イラスト／藤田 香

ISBN4－8402－2602－4

吸血鬼によって封鎖された和歌丘に、全ての鍵を握る人物が一人――舞原サクラその人である。彼女を巡って様々な思惑が錯綜し……人気シリーズ第12弾！

う-1-12 0895

悪魔のミカタ⑬ It／MLN

うえお久光
イラスト／藤田 香

ISBN4－8402－2704－7

吸血鬼から逃げ続けるサクラと美里。吸血鬼に支配された和歌丘と、そこで抵抗を続ける昇――。果たして全ての決着はつくのか!? Itシリーズ完結！

う-1-13 0954

東都幻沫録 蒼虚の都〈上〉

高瀬美恵
イラスト／ほづみりや

ISBN4－8402－2748－9

眠り続ける1人の女性を巡り、東京で静かに進行する永遠を望む者たちの計画とは……？ あの「東都幻沫録」シリーズの最新作が電撃文庫で復活！

た-16-2 0967

東都幻沫録 蒼虚の都〈下〉

高瀬美恵
イラスト／ほづみりや

ISBN4－8402－2749－7

最強のネクロマンサー・祐美子の覚醒をきっかけに、東京に死があふれ出した。絶望的な状況のなか、刈谷たちは決死の反撃を開始するが――。

た-16-3 0968